탐라지몽

耽羅之夢

혼자이긴 외롭지만, 혼자 있고 싶은

탐 耽
라 羅
지 之
몽 夢

최가은 지음

답

차례

Chapter 1.

혼자이긴 외롭지만, 혼자 있고 싶은 | 8

공항에서 만나요. | 22

Chapter 2.

저마다 한 권의 책 같은 사람들 | 44

소셜 북 클럽 | 58

Chapter 3.

기꺼이 기억하겠다고 | 86

주파수를 찾습니다. | 100

Chapter 4.

반전의 미학 | 130

나무 | 145

Chapter 5.

느리게 사랑하는 일 | 172

그의 고양이와 사랑에 빠졌다. | 187

Chapter 6.

당신이라는 시나리오 | 214

모든 상실의 존재들에게 | 227

작가의 말. 깨고 싶지 않은 꿈 | 246

혼자이긴 외롭지만, 혼자 있고 싶은

"도대체 어디 있는 거야?"

7월의 어느 오후의 김포공항. 손부채질을 해도 땀이 찌르르 나고 조금만 걸어도 옷가지가 몸에 달라붙는 후덥지근한 날.

그날은 내가 처음으로 혼자 여행을 떠나는 날이었다. 긴 여정의 출발선에서 나는 커다란 여행용 가방을 낑낑대며 누군가를 애타게 찾고 있었다. 그와 만나기로 했던 공항 내부의 카페를 찾아 서성이던 찰나에 한 남자가 나를 발견하고는 작게 손을 흔들었다. 우리는 어색한 인사를 나눈 뒤 카페 창가 자리에 마주 보며 앉았다. 나는 그 사이의 침묵을 견디지 못하고 먼저 말을 걸었다.

"오래 기다리셨죠? 공항에 사람이 많네요."

"아니에요. 벌써 곧 비행기 탈 시간이네요."

이현진이라는 중성적인 이름을 가진 남자가 멋쩍게 대답하며 말끝을 흐렸다. 그는 메신저 속 친근하던 말투와 달리 낯을 심하게 가리는 듯했고 나와 한 번도 눈을 마주치지 않았다. 계속해서 나만 일방적으로 질문하고 그가 마지못해 대답하는듯한 대화를 나누었다. 결국, 지친 나는 각진 얼음이 가득 든 커피를 단숨에 들이켰다. 이빨 가장자리가 닳도록 얼음을 아드득 씹어먹는 소리만이 우리 사이 정적을 채웠다.

내가 기대한 건 이런 게 아니었는데, 저렇게 낯을 가려서 회사 생활은 어떻게 한담.. 까지 생각이 다다랐을 때 문득 정신이 들었다. 여행 동행 전에 공항에서 차 한잔하자고 만났을 뿐인데, 방금 고작 몇 마디 나누어 본 이 사람에게 나는 무엇을 기대한 걸까? 세상의 기대에 지쳐 홀로 떠나기로 한 이 여행에서 정작 내가 누군가에게 기대치를 설정하고 멋대로 판단하며 실망하다니, 한심하기 짝이 없었다. 생각해 보니 오늘 처음 본 그에 대한 실망이라기보단 완벽하길 바랐던 나의 긴 여행의 시작점이 맘에 들지 않았던 것이 분명했다. 내려놓기 위해 떠나는 여행에서도 모든 순간에 완벽을 추구하는 모습을 보며 스스로의 기준에 도달하지 못해 지쳤던 지난날들이 떠올랐다.

홀로 무작정 제주로 떠나기로 한 건 두 달 전. 일에 치여 여유라고는 전혀 없던 일상을 보내다 충동적으로 제주행 항공권을 질러버린 것, 그게 이 좌충우돌 여행기의 시작이었다. 나는 이전까지 한 번도 혼자서 떠나본 적이 없었다. 오랜 기간 혼자 여행하는 일은 외롭고 심심할 것만 같아 고려조차 해보지 않았다. 그렇기에 그간의 여행은 늘 가족이나 친구들과 핸드폰 사진첩 용량을 가득 채우는 것에 의미를 두곤 했다. 그러다 회사에서 쌓이고 쌓인 내 유급휴가를 소진할 겸 한 번에 한 달을 내리 쉬고 오라는 명을 받았을 때 곧바로 든 생각은 이것이었다.

이번엔 온전히 혼자 떠나야겠다!

그만큼 혼자인 시간이 절실한 시점이었다. 더 정확히 말하자면 나를 둘러싼 모든 기대에서 고립되어 마음의 짐을 덜고 싶었다. 그동안 꽤 괜찮은 사람이 되기 위해

무던히 노력했던 나날들이 아주 빠르게 지나갔다. 사람들 사이에 둘러싸여 좋은 딸로, 친구로, 팀원으로서의 바쁜 삶을 살아냈다. 사회적 동물의 숙명이려니 생각하던 날들의 피로가 쌓여갔지만 들여다볼 여유가 없었다. 그런 날이 쌓이자 누군가를 만나 충실히 역할을 수행해야 하는 일에 완전히 진이 빠졌다. 이 모든 건 하나도 놓치지 않고 전부 잘 해내고 싶은 내 욕심에서 비롯된 것이었다. 쉼 없이 달려도 무리 없는 새 자전거와 같던 나는 어느새 바퀴에 바람이 빠지고 삐걱거리기 시작했다. 이제 녹슨 체인에 기름칠해주고 바퀴를 갈아주는 시간이 필요했다. 그 일은 분명 나 혼자 해야 하는 일이라는 것을 직감했으니, 지금 나는 제주로 떠나는 비행기를 타기 30분 직전에 서 있었다.

"제주공항 도착하면 숙소까지 모셔다 드릴까요?"

생각에 잠긴 내게 그가 호의를 베풀려고 제안했지만 나는 정중하게 거절했다.

"방향이 같은 다른 동행분이 데려다주신다고 해서요. 괜찮습니다."

"네. 동행을 꽤 여럿 구했나 봐요. 하긴 여자가 글 올리면 엄청나게 연락 오죠?"

"아아, 그런가요?"

나는 괜히 멋쩍게 웃어 보였다. 동행을 모집하는 글에 내가 여자라는 말은 올린 적이 없는데 말이지. 괜히 여자의 특권을 누리고 있냐는 말로 들려 거슬렸지만 넘어가기로 했다.

다시 돌아가 보자. 패기 있게 지른 항공권을 뒤로하고 다시 바쁜 일상을 보내다 여행 일주일 전부터 발등에 불이 떨어졌다. 숙소 하나 예약해 둔 곳이 없는 데다 나는 무기력한 장롱 면허 신세였다. 제주도라고는 운전할 줄 아는 사람과 가본 기억뿐이라 뒤늦게 아득해졌다. 렌터카의 성지로 유명한 그 넓은 섬에서 운전을 못 하는 자의 여행은 고생길이 훤했다. 한 달 동안 큰 짐가방을 들고 매번 택시를 타야 하나 고민하던 와중에 회사 동기가 알려준 여행 동행 인터넷 카페는 마른 땅 위의 단비이자 어둠 속의 빛 한줄기와도 같았다.

"조심해. 너 같은 애들이 꼭 이상한 놈한테 걸려서 나쁜 사람 만났어요, 어떡해요, 이러는 거라고."

"내가 얼마나 똑 부러지는데? 근데 이렇게 인터넷으로 만나서 같이 다니면 안 위험해?"

"사전에 사원증이나 명함도 먼저 서로 공개하고 다니면 괜찮을 거야. 아님, 서울에서 미리 만나봐도 되고."

동기의 말대로 유럽에나 있는 줄 알았던 여행 동행 문화는 제주에도 있었다. 혼자 먹기 힘든 음식을 같이 먹거나 여행 경로가 맞는 사람들끼리 주유비를 나눠 부담해서 이동하는 합리적인 여행 방식이었다. 찾아보니 동행에도 두 가지 종류가 있었다. 처음부터 끝까지 모든 일정을 함께 하는 '완전 동행'과 밥 한 끼나 일정 하나 정도만 같이 하고 헤어지는 '부분 동행'. 나는 그녀가 시킨 대로 카페에 부분 동행 모집 글을 올리고 '여행 D-3'이 되어서야 다급한 마음으로 카페에 접속해 썼던 글을 다시 읽어보았다.

안녕하세요. 혼자 여행은 처음인 사람입니다. 하고 싶은 거라고는 책방 투어랑 조용한 카페 가서 글 쓰는 것밖에 없어요. 저는 장롱 면허라 강제적 뚜벅이인데 부분 동행하실 분 있으실까요? 책 좋아하시면 책방 같이 가거나, 흑돼지 같이 먹어요. 갈치조림도 좋고요. 흉흉한 세상이라 신원 보장 확실하게 하고 다니기를 원합니다. 관심 있으시면 쪽지 주세요!

나름 작가가 꿈이고 글쓰기를 사랑하는 사람이 쓴 게
맞을까 싶을 만큼 엉망인 글이었다. 대충 휘갈긴 이 글을
보고 누군가 관심을 표했을지 반신반의하는 마음으로 열
었던 쪽지함은 그야말로 포화 상태였다. 때는 코로나19
라는 전염병이 온 세계에 퍼진 시점이라, 여름휴가에도
해외라고는 한 발짝도 나갈 수가 없는 가여운 영혼들이
다 제주도로 모일 예정이었다. 그것도 긴 시간 동안 온전
히 혼자이기 두렵지만, 혼자 있고 싶은 모순적인 심리에
지배된 영혼들끼리 '부분 동행'이라는 말로 자신의 외로
움을 포장하면서.

즉시 맨 처음 온 쪽지를 열어보았다.

저는 32살이고 이름은 이현진이고요, 서쪽 돌 예정
이에요. 저도 책 읽는 거 좋아한답니다 :) 카톡 아이
디는 ilovecar12에요.

책 읽는 남자는 늘 내가 좋아하는 키워드지만, 카톡
아이디에서 뭔가 특이한 예감이 들었다. 아이러브뉴욕도
아니고 아이러브카? 일단 나는 카톡에 친구 추가를 해서
연락을 해보았다. 그 연락으로 얻은 정보는 그는 자동차

충돌 안전 진단을 하고 있는 5년 차 대리였고, 나와 일정이 초반에 조금 겹친다는 점이었다. 그리고 자동차를 사랑하는 그가 지금 비행기가 줄줄이 서 있는 창가 맞은편 자리에서 나와 커피를 홀짝이다가 일어나고 있었다.

"저 이제 가볼게요. 가서 다시 봐요."

5분 차로 출발 시각이 다른 비행기를 타야 했던 우리는 다시 보자는 말이 무색하도록 차 한 잔을 끝으로 헤어졌다. 여행을 함께하기에 서로 어딘가 마음에 들지 않는 구석이 있었을 테지. 나는 그를 마주하면 생기는 어색한 정적을 여행지에 가서까지 느끼고 싶지 않았고 상대도 마찬가지였을 것이다. 그때만 해도 나는 꽤 예민한 데다가 표정에서 감정을 숨기지 못했으니까.

이번에 제주로 떠나면서 결심한 건 글을 원 없이 써보자는 것이었다. 근 몇 년간 나는 소설이라는 장르에 완벽히 매료되어 있었다. 그래서 스릴러, 추리, 로맨스, 정치, 공상과학 등등 꽂히는 소재라면 가리지 않고 써 댔다. 내게 소설은 직접 창조한 세상에서 인물들이 살아 숨쉬며 이야기를 만들어내는 기적이었다. 이름을 붙여준 인물들이 나도 모르게 그 세상을 누비며 말을 걸어줄 때마다 나는 희열을 느끼곤 했다. 본 직업이 따로 있기에 글 쓰는 일은 처음엔 그저 흥미로운 취미일 뿐이었지만, 시간이 갈수록 내 글을 많은 사람이 읽어줬으면 하는 욕심과 이 환상적인 일이 내 운명이었으면 하는 마음이 걷잡을 수 없이 커졌다. 일을 하며 늘 짬짬이 시간을 내서 글을 써야 했지만, 이번엔 글을 온종일 쓸 수 있는 한 달이라는 긴 여유가 주어진 셈이었다. 기필코 좋은 글을 써오리라 결심했다. 그러면 이번 제주 여행에서는 어떤 글을 써야 할까? 여행 동행을 구하고 숙소를 예약하고 나자 나는 제주에서 쓸 일상적이면서도 참신한 소재를 고민했다.

- 나 제주 가서 뭐 써야 해? 막상 한 달 동안 글만 쓰려니 뭘 써야 할지 모르겠어.
- 뭘 써야 한다는 강박을 버려. 손이 가는 대로 써.

제주로 떠나기 얼마 전, 나는 동기와 사내 메신저를 하며 고민을 토로했다. 여행 동행 카페를 알려준 회사 동기는 내 글의 1호 팬이었다. 동기는 내가 글을 쓸 때마다 맨 처음 보여주기를 원했고, 글을 쓴 사람이 설렐 만한 칭찬과 적절한 조언을 아끼지 않았다.

  - 아니, 그래도 가닥은 잡아 놔야 가서 쓰지. 나 소재 고민하는 데 오래 걸리잖아.

  - 네 소개팅 얘기만 써도 한 권은 뚝딱이야. ㅋㅋ

  - 그걸 누가 읽어. 너랑 나나 재밌지, 남들은 노잼이야.

  - 넌 네 얘기가 재미없을 줄 알더라? 꿀잼이야. 네 인생 꽤 파란만장해.

  동기의 단호한 말에 솔깃했지만, 곧 생각을 접었다. 소설을 쓰거나 영화를 만드는 모든 창작자에겐 불문율이 있었다. 바로 나에겐 너무나 흥미로운 내 경험담은 남에겐 그저 그런 흔해 빠진 이야기라는 것이다. 결국, 아무런 재미가 없으니 지루해지고 독자나 관객에게 느끼게 할 수 있는 건 없다. 그러니 내 얘기는 그저 술자리에서의 안주나 일기 속 에피소드로만 남기는 게 맞다고 생각했다. 그래서인지 난 아무래도 에세이같은 글은 적성이 아니라고 생각해왔다. 물론 정말 친한 사람이 아니면 속 깊은 얘기를 쉽게 하지 못하는 성격 탓도 있었다.

  - 좀 더 색다른 걸 써야 해. 재밌고 술술 읽혀서 한번

읽으면 덮을 수 없는 그런 거.

— 어이구, 그것도 강박이다. 그럼 에세이와 소설의 경계에 있는 건 어때? 네 이야기 50% 픽션 50%.

동기의 제안에 최근에 재미있게 읽은 에세이가 떠올랐다. 아무래도 전부 실제 경험이라기엔 극적 요소가 많다고 생각했던 글이었다.

— 그런 글은 아무나 쓰냐?
— 백 퍼센트 픽션인 소설도 쓰는데 왜 못써?
— 그런가? 그럼 나는 그럼 내 이야기 30% 픽션 70%로 간다. 난 프로상상러니까.
— 망상가 아니고? ㅋㅋ 근데 왠지 재미있을 것 같아.

순간, 문득 참신한 아이디어가 떠올랐다.

— 구운몽九雲夢 알지? 이야기 속의 이야기. 제주 여행 에세이를 쓰다가 에세이에서 소재를 얻어서 쓴 단편 소설을 중간중간 넣을 거야. 그다음엔 또다시 여행 에세이로 이어지는 거야. 왔다리 갔다리. 한 에세이 여섯 편, 단

편소설 여섯 편 정도면 되겠다.

  - 구운몽이라니 고등학교 이후로 처음 듣네. 뭔 뜬금 없는 소리람? 제주몽夢이라도 된다는 거냐?

  - 써올 테니 그때 읽어봐. 세상에 없던 구조의 책이 될 테니. 음하하.

  마음이 가벼워진 나는 노트북이 든 에코백을 메고는 비행기에 탔다. 동행 카페에서 받은 여러 개의 쪽지 중엔 자동차를 사랑하는 남자 말고도 나와 같은 항공편을 탄 다는 사람도 있었다. 대헌이라는 이름의 그가 자신의 숙소 가 근처라며 공항에서부터 동행하자기에 서로 신원을 공 개하고는 그러기로 했다.

  - 소은 씨. 프로필 사진들 보니 키가 굉장히 크시네요. 보기 좋아요.

  대헌과 동행할 여행지 관련 카톡을 주고받던 와중에 나는 이 메시지를 받고 살짝 언짢아졌다. 여행 동행인데 키가 왜 중요하지? 무슨 의도로 저런 말을 하지? 보기가 좋다니, 보지도 않은 사람에게 외모 평가나 하고, 이상한 사람인가?

　- 네. 큰 편이죠. 근데 그런 사적인 이야기는 실례 같아요. 아직 만나지 못한 사람이니까 조심하는 게 맞는 것 같습니다.

　이 문자를 보내고도 왜 나는 좋게 넘길 수 있는 걸 일일이 예민하게 대꾸하고 있는지 스스로 이해할 수가 없었다. 아무래도 회사 일에 너무 지쳐서 모든 말에 아득바득 반응 모드였던 게 분명했다

　- 그럴 수 있겠네요. 제가 생각이 짧았어요. 정말 미안해요.

　상대가 바로 인정하고 사과를 해서 괜히 나도 미안해졌다. 그런 기억을 끝으로 이제 그를 비행기에서 마주치게 됐다. 진한 쌍꺼풀에 작은 얼굴 그리고 약간의 어색함이 서린 표정. 나는 눈인사를 건네고는 미리 지정해둔, 그와 멀찍이 떨어진 자리에 앉았다. 낯을 가리는 편은 아니지만, 비행기에서 낯선 이의 옆자리에 앉는 건 힘든 일이란 예감이 들었기 때문이었다. 조용한 기내에서 무슨

주제에 대해 떠들어야 하지? 졸다가 입이라도 쩍 벌리고 자면 어떡하지? 이런 걱정에서 비롯된 결정이었다.

　승객 여러분, 우리 비행기가 곧 이륙하겠습니다. 좌석 벨트를 몸에 맞게 매셨는지 다시 한번 확인해주시길 바랍니다.

　여행의 시작을 알리는 멘트가 기내에 울려 퍼지고 있을 때, 철부지 딸을 한 달이나 외딴 섬에 혼자 보내 걱정이 많은 부모님에게 '나 이제 출발한다. 안녕!'이라는 메세지를 보내고 핸드폰을 껐다. 비행기가 하늘로 날아오르는 순간 심장이 쿵쾅거렸다.
　한 달 동안 어떤 일들이 펼쳐질까?

　혼자인 적 없던 나, 혼자 제주도에서 괜찮겠지?

공항에서
만나요

대헌은 양양 공항에 있는 랜덤 박스를 찾았다. 언제나
처럼 서핑을 하러 내려왔다가 돌아가는 길에 무료해진
바람에 공항 랜덤 소개팅 서비스를 이용하기로 마음먹은
것이다. 국내 공항마다 이 서비스가 설치된 건 채 2년도
되지 않았다. 공항에서 시간을 죽이는 사람들이 많아진
탓에 어떤 영리한 기업에서 선보인 서비스였다.

비행기 출발 1시간 전.
가장 설레는 공간에서 낯선 이와의 차 한 잔.
어쩌면 당신의 인생을 다른 길로 떠나게 해 줄지도 몰라요.

서비스의 브랜딩은 성공적이었다. 미혼 남녀는 시간을 허투루 쓰기 싫어했고 늘 이성을 만날 수단이 필요했다. 주선자 없이 부담 없는 앱을 통한 손쉬운 만남이 성행하던 와중에 공항에서 이륙 전에 음악이나 들으며 멍하게 앉아있거나, 라운지에서 기다리는 시간을 활용하는 이 서비스는 주목을 받았다. 랜덤 박스라고 쓰여 있는 컨테이너에 달린 철문을 열면 캄캄한 공간이 등장했고 안에는 자판기처럼 생긴 기계가 반겨주었다. 그 외에는 아무도 없었다. 그래서 공항 와서도 소개팅이나 하는, 이성과의 만남이 다급한 남자 취급을 받지 않아도 되는 것이 대헌의 마음에 들었다. 신분증이나 여권을 기기에 스캔하면 매칭을 위해 나이대를 분석한 뒤 음료가 한잔 나왔다. 음료값은 소개팅 매칭비가 포함된 오만 원이었다. 퀄리티는 단순한 캡슐커피 수준이었지만 사람들은 이성을 만나는 데에 그 정도의 비용은 기꺼이 감수했다.

　　대헌 또한 금색 지폐를 가볍게 밀어 넣고는 초록 불빛이 쉼 없이 깜빡이는 방으로 향했다. 두 명이 간신히 앉을만한 비좁은 공간에 들어서니 아직 아무도 없었다. 곧 이름 모를 여자가 자신처럼 기계와 실랑이를 하다가 이곳에 들어오겠지? 그는 옆에 비치된 거울에 얼굴을 비춰

보고는 이 사이사이까지 점검했다. 말 그대로 랜덤 소개팅이기 때문에 맘에 들지 않는 이성이 나올 수도 있어 걱정되는 점이 있긴 했지만, 이곳을 이용하는 사람들 모두 혹시나 하는 마음으로 올 터였다. 혹시나 나의 운명이 이 공항에 있을 수도 있다는 작은 희망을 품은 사람 중에는 삼십 대 후반 미혼 남성인 대헌도 있었다.

곧 방문이 열리고 한 여자가 들어왔다. 키가 크고 늘씬한 체형의 여자였다. 대헌은 가볍게 일어나 인사했다.

"안녕하세요. 반갑습니다."

"안녕하세요. 오래 기다리셨나요?"

"아니에요. 저도 금방 왔답니다."

둘은 곧 의례적으로 명함을 교환했다. 또래로 보이는 여자는 대헌의 기대 이상으로 호감형 인상이었다. 대헌은 속으로 쾌재를 부르며 명함을 뜯어보았다. 서비스 강사 이현진. 그녀는 대헌과 동갑이라고 자신을 소개했다. 웃는 게 예쁜 또래 여자, 이것이 바로 필연적인 운명인가? 이 사람을 만나기 위해 여태 쓸데없는 만남과 이별을 반복한 것이 아닐까? 공항에 소개팅 서비스를 런칭해 준 랜덤 박스 대표님께 감사하는 마음마저 가진 찰나에 대헌은 정신을 차리고 통성명을 했다.

"김대헌입니다. 반가워요."

"이현진이에요. 멋진 일 하시네요."

대헌은 대기업인 H 자동차 안전충돌팀 과장이었다. 현진은 웃으며 대헌에게 양양에 새로 지은 리조트에서 직원들 서비스 교육을 하느라 다녀갈 일이 있었다고 설명했다. 대헌은 취미가 서핑이라 요즘 같은 쾌청한 날씨엔 주말마다 양양을 오고 간다고 말했다. 둘의 대화엔 웃음이 끊기지 않았지만, 이유 모를 긴장감이 흘렀다. 이 사람도 결국 똑같을 것이라는 예단과 이 사람은 달랐으면 하는 바람의 공존으로 서로를 탐색했다. 그 정도 나이대의 사람들은 다년간의 연애 경험으로 어떻게 말하고 행동해야 자신이 매력적으로 보일지 아는 노련함을 겸비했고, 상대의 표정만 봐도 자신을 맘에 들어 하는지 잽싸게 파악할 수 있었다. 하지만 결혼 적령기라는 압박을 등에 짊어지는 바람에 왠지 모르게 다급했다. 그저 때를 놓친 것뿐이라는 자기 위로와 한편으로는 나는 부족한 점이 없는데 아직도 왜 짝을 만나지 못했지? 라는 불안감을 곱씹고는 했다.

"오늘 몇 시 비행기예요?"

"세 시 반이요. 대헌 씨는요?"

"오, 같은 비행기네요."

대헌은 현진이 건넨 항공권에 새겨진 좌석을 확인했다. 영화처럼 우연히 옆자리에 배정되었다면 이 여자랑 정말 올해 식장이라도 잡아보겠다는 비장한 각오였지만, 안타깝게도 한참 떨어진 자리였다. 그래도 비행기 타러 가는 길을 함께 할 수도 있고, 김포공항에서 내려서 저녁에 술 한잔도 할 수 있을 것만 같은 마음에 들떴다.

대화는 흔한 루트로 흘러갔다. 남자가 취미 같은 걸 물으면 여자가 형식적인 답변을 하고 뇌묻는, 어딘가 표면적인 문장들의 향연이었다.

"현진씨는 쉬는 날은 보통 뭐 하세요?"

"저는 필라테스나 요가를 하거나 책을 읽어요. 대헌씨는요?"

"저도 운동 좋아합니다. 매일 헬스하고 주말마다 축구 뛰어요."

"와, 멋지시다. 축구는 팀워크가 중요한 스포츠잖아요. 잘 어울리세요."

"형이 어렸을 때 축구를 해서 많이 맞으면서 배웠어요."

"형제가 있으시구나. 전 외동인데. 엄마 아빠가 너무 엄하게 키우셔서 언니가 있었으면 좀 나았을까 싶어요."

"현진씨는 왠지 바른 부모님 밑에서 컸을 것 같아요."

대헌은 손으로 입을 가리고 웃는 현진을 다시 한번 살폈다. 그녀는 다리 한번 꼬지 않는 꼿꼿한 자세로 시종일관 눈부신 미소를 짓고 있었다. 말을 함부로 하지 않는 차분한 모습 뒤로 어딘가 신비로운 느낌이 들었다. 상대가 말을 할 때 깊게 응시하는 눈빛과 천천히 끄덕이는 고개가 사람을 홀리게 하는 것만 같았다. 긴 머리칼이 닿은 연분홍색 블라우스 아래 베이지색 치마를 입은 그녀는 단정하면서도 산뜻했다. 보면 볼수록 자신의 이상형이라는 생각에 그는 새어 나오는 웃음을 감출 수가 없었다.

"이제 일어날까요?"

작게 반짝이는 손목시계를 확인한 현진이 말했고, 둘은 동시에 일어났다. 방 출입구에 달린 전광판에 초록색 불빛이 다시 깜빡이는 것으로 보아 벌써 한 시간이 훌쩍 지난 듯했다. 어떻게 회사에선 단 십 분도 잘 가지 않는데, 오직 염색체가 다르다는 이유로 여자와 함께 있으면 억겁의 시간도 금세 지나가는지 의문이었다.

"저, 현진 씨. 혹시 오늘 김포에서 내리면 뭐 하세요?"

"오늘요?"

"네. 저녁이라도 같이할까 해서요. 제가 파스타 잘하는 집을 알거든요."

"아, 오늘은 제가 가족이랑 저녁 약속이 있어서. 다음에 먹어도 괜찮을까요?"

"물론이죠."

대헌은 현진이 정말 약속이 있는 건지, 자신이 맘에 들지 않아 정중하게 거절하는 건지 구별이 되지 않았다. 37년 인생, 수많은 소개팅과 연애가 무색하게 아직 여자를 잘 파악하지 못한다고 스스로 자책하며 괜스레 이게 마지막일까 봐 불안해졌다. 하지만 그런 내색을 비추는 순간, 이 관계는 더 최악으로 치달을 수 있다는 것을 알기에 애써 참아냈다. 둘이 방을 나서자마자 컨테이너 밖 공항에서는 윙윙대는 시끄러운 사이렌 소리가 들렸다. 놀란 현진은 동그래진 눈으로 대헌을 보며 물었다.

"무슨 소리예요?"

영문을 모르겠다는 얼굴로 대헌이 현진을 바라보았을 때, 곧이어 급작스러운 안내음이 들렸다.

양양 공항을 이용하시는 고객 여러분, 긴급 안내 말씀드립니다. 공항에 대형 화재가 발생했으니 신속히 외부로 대피하시길 바랍니다.

대헌은 안내원이 뭐라고 말하는지 끝까지 듣지 못했다. '화재'라는 단어가 등장하자마자 현진은 돌연 옆에 사람이라곤 없다는 듯 문 쪽으로 냅다 돌진했다. 어찌나 빠른지 10cm는 족히 될 듯한 하이힐을 신고 사람이 저렇게 뛸 수 있나 싶었다. 현진은 철문에 달린 손잡이를 잡고 흔들다가 뜻대로 안 되는지 그제야 대헌을 쳐다보았다.

"안 열려요. 어떡해요?"

"이리 줘봐요."

저 연약한 팔뚝이 흔들어봤자지, 생각한 대헌은 단숨에 손잡이를 잡고 힘차게 밀었으나 정말 열리지 않았다. 진정한 남자의 멋은 우람한 팔뚝과 드넓은 어깨에서 나온다고 외치며 날마다 헬스장을 드나들었던 세월이 있는데 이걸 어쩌지, 홍당무처럼 붉어진 얼굴로 문을 부실 기세로 여러 번 흔들었으나 꿈짝도 하지 않았다. 현진은 얼굴이 새하얗게 질려서 손톱을 깨작대며 그 광경을 지켜보고 있었다.

"뭐예요? 우리 갇힌 거예요?"

"기다려봐요. 119 부르면 되니까 걱정하지 말고."

컨테이너 밖의 사람들이 복작거리며 뛰어다니는 소리

에 대헌도 당황스러웠지만, 호감 있는 여자 앞에서 약한 모습을 보이면 안 된다는 생각에 차분히 핸드폰을 꺼내 들고는 119를 눌렀다. 그런데 두어 번 신호가 가더니 툭 끊겨버렸다. 핸드폰을 확인해보니 하필 배터리가 없어서 꺼져버린 것이었다. 대헌이 핸드폰을 들고 머쓱한 얼굴로 현진을 쳐다보자 그녀는 전에 들은 적 없는 목소리로 우렁차게 소리 지르기 시작했다.

"뭐야! 핸드폰 꺼졌어요? 왜 충전을 안 하고 다녀요! 사람 돌아버리겠네!"

"현진 씨 핸드폰 있잖아요. 그거로 부르면 되죠."

"나 핸드폰 정지당해서 안 들고 다녀요!"

현진은 주저앉아서 울었다. 어린애처럼 우는 모습은 불과 십분 전 어른스럽던 그 여자와 쉽게 매칭이 되지 않았다. 컨테이너 밖에서는 계속해서 사이렌 소리와 안내 음성, 그리고 아비규환인 사람들의 소리가 들렸지만, 고요한 컨테이너 안에는 외부와 연락이 두절된 남녀 둘의 정적뿐이었다. 비상 탈출구가 없나 찾아보았지만 문 아래에 비상 연락망만 적혀 있을 뿐이었다. 핸드폰이 꺼지면 어떻게 탈출하라는 거야, 생각하던 대헌은 자신도 모르게 매캐한 연기 냄새가 나는 것 같다고 중얼댔다. 그

조그마한 말소리를 놓치지 않은 현진의 울음소리는 더욱 거세졌다.

"곧 화재 진압하러 구급 대원들 오면 여기도 확인하고 열어줄 거예요. 뜨겁거나 하지 않은 거 보니까 공항 저 멀리에서 화재가 난 것 같으니 걱정 말아요."

"이 망할 컨테이너 따윈 잊었을 거라고! 소방관들은 불 끄기 바쁘단 말이야!"

"랜덤 박스 업체 쪽에서도 양양 공항 화재 소식을 들으면 바로 조치를 취하겠죠. 진정해요."

"우리 할머니가 화재 사고로 돌아가셨다고!"

대헌은 정신 사나운 울음소리라도 멈추기 위해 그녀의 등을 다독였다. 그녀는 그 행동에 더 울부짖었고, 대헌은 즉시 손을 거뒀다. 내내 울던 현진은 독백에 가까운 자신의 이야기를 시작했다.

"이렇게 죽을 수는 없어요. 이제 좀 일도 하면서 제대로 살아보려고 했는데."

"그럼 여태까진 일을 안했어요?"

사실 현진이 서비스 강사 일을 시작한 지는 일주일도 채 되지 않았다고 했다. 이번에 양양으로 출장 온 서비스 교육이 그 처음이었으며, 선배가 백수인 자신을 딱하게 여겨 앞으로 서브 강사를 맡아 달라고 요청한 일인 것뿐이었다. 잠자코 듣던 대헌은 놀라 반문했다.

"이번이 처음인데 소개팅에서 서비스 강사라고 소개해도 되는 거예요?"

"가만히 들어봐요, 좀. 공대 출신이라 공감 능력 이런 게 많이 딸리시나?"

현진은 살벌한 눈빛으로 그를 노려보고는 말을 이었다. 그녀는 유명한 전문대 항공 운항과에 합격한 이후로 승무원이 될 거라고 굳게 믿으며 즐거운 대학 생활을 보냈다고 했다. 학교를 졸업하고 처음엔 메이저 항공사만 지원하다 점점 자신은 속하지 않을 것 같던 항공사까지 죄다 지원했다.

"하지만 결과는 뻔하죠? 죄다 떨어졌어요. 이래도 되나 싶을 정도로."

단 한 곳도 자신을 원하지 않았던 기간이 십 년이 넘었다고 말하던 그녀의 눈빛은 점점 무겁고 서글퍼졌다.

"솔직히 말하면 첫 3년만 열심히 준비하고 그 이후는 자포자기였어요. 너무 열심히 노력하면 실패하는 게 더 무서워지는 걸 알아버려서."

"…그랬군요."

"욕심이 무서워, 욕심이."

현진은 넋 나간 사람처럼 중얼거렸다. 자신의 일일 수밖에 없다고 믿었던 일을 포기하는 게 쉽지 않았다고 했다.

"그런 거 있잖아요. 내 운명이구나, 하고 믿던 일이 나를 거부할 때, 스스로가 너무 싫어지는 거."

사뭇 진지해진 그녀의 목소리에 대헌은 조용히 고개를 끄덕였다. 그렇게 꿈을 잃어버리다 못해 도전하기조차 두려워진 현진은 술과 유흥에 몸을 맡겨 그 속 쓰린 상처를 잊으려 노력했다. 승무원 준비생이라고 말하며 예쁜 얼굴과 나이를 앞세워 남자들이 사주는 값비싼 밥과 옷으로 남부럽지 않은 생활을 했다. 백수인 자신의 핸드폰 요금을 내주던 전 남자 친구가 본인에게 학을 떼고 핸드폰을 정지한 후 잠적한 것도 일주일밖에 되지 않았다고 했다.

"오늘도 사실 전 남자 친구의 오피스텔 앞을 찾아가 다시 빌어볼 생각이었어요."

"부모님과 저녁 식사가 아니고요?"

"네."

"현진 씨는 거짓말이 습관이에요?"

"오래간만에 착실하게 새 인생을 살아보려고 결심했는데, 이렇게 공항에서 한심하게 랜덤 소개팅이나 처하다 죽을 수는 없잖아요. 살아 돌아가야죠!"

악에 받친 그녀의 목소리에 대헌은 고개를 저었다.

"이래서 여자는 믿으면 안 된다는 거군요."

"그쪽도 비밀 말해봐요. 나만 말하는 게 어디 있어!"

"승무원 오래 준비한 게 왜 비밀인가요?"

"나한텐 비밀이란 말이에요!"

대헌은 인상을 쓰고는 아득바득 대답하는 그녀를 보고는 단정한 용모에 깜빡 속았다는 생각을 했다. 한두 번 속은 게 아닌데 또 이렇게 매번 속는다. 사진에, 말투에, 내숭에. 화재가 아니었으면 그녀의 진면모를 계속 몰랐을 거란 생각에 아찔해졌다. 불이 나서 감사라도 해야 하는 걸까? 현진이 계속 비밀을 말하라고 재촉하는 탓에 대헌도 이 여자를 다신 안 보겠지, 라는 생각으로 말을 꺼냈다.

"제 부모님은 저 어릴 때 이혼하셨어요."

"아니, 할 수도 있지. 그게 왜 비밀이죠?"

"현진 씨 얘기처럼 소개팅 자리에서 말하지 못하는 모든 게 비밀인 거 아니었어요?"

"하긴 그렇죠. 이혼한 부모 밑에서 큰 애들은 뭐 어디 결점이라도 있는 사람으로 취급하더라고요? 짜증 나. 부모가 이혼했지, 자식이 했나? 왜 자식도 곧 이혼 예정인 사람으로 보는 거야? 엄연히 부모랑 자식은 다른 개인이라고, 이 사람들아."

대헌에게 말을 시켜 놓고 현진은 재빨리 감정이입을 하더니 또 자신의 이야기를 냅다 하기 시작했다. 결혼 직전까지 간 남자 친구가 있었는데 그쪽 부모님이 자신을 너무 싫어하더라부터 시작해서 자신은 결혼이라는 제도를 믿지 않아서 앞으로 결혼을 해도 혼인신고를 하지 않을 거라는 이야기까지.

"그럼 왜 결혼을 해요? 신고도 안 할 거면."

대헌은 남자한테 빌붙어 살려고 하는 거죠? 라는 질문을 덧붙이려다 꿀꺽 삼켰다.

"평생 혼자 살긴 외롭잖아? 그쪽은 안 외로워요?"

"외롭죠. 근데 결혼은 한 사람이랑 쭉 살 거라는 약속 아닌가?"

대헌의 말에 현진은 상상만 해도 끔찍하다는 듯 몸서리치며 답했다.

"약속한다고 안 깨지라는 법 없으니까. 이혼하면 내

자식들도 같은 취급받을 거 아니야? 그 꼴 못 보죠. 잘 알면서 왜 이래요?"

"서류상으로만 아니면 되는 건가, 뭐."

"몰라요. 다른 비밀 이야기해봐요."

"나갈 생각을 해야지, 왜 비밀 이야기를 해요. 살고 싶다면서요."

대헌이 한심하다는 듯이 말하자 현진은 목소리 톤을 한껏 높이며 졸라댔다.

"구급대원 올 거라면서요! 기다리는 거잖아요. 안 부섭게 빨리해봐요."

떼쓰는 모습을 보며 대헌은 작게 한숨을 쉬었다. 무슨 이야기를 또 해야 하나. 비밀이라 하니 하나 떠오르는 게 있었다.

"스물넷 때인가, 십 년도 더 됐네요. 그때 만나던 여자 친구가 애가 생겼었어요."

"어머, 그래서?"

현진이 손뼉을 치며 반응했다. 그녀의 커다란 눈과 아침 연속극을 보는 어머니의 눈빛이 왠지 모르게 닮았다고 대헌은 생각했다.

"지웠죠. 너무 어렸으니까 둘 다."

"남자들은 애 지우는 걸 참 쉽게 생각하더라? 왜 그래요? 피임을 제대로 해야지. 몸은 여자가 상하는 거잖아. 진짜 짜증 나."

"쉽게 생각 안 했거든요? 정말 사랑했던 사람이에요. 바로 결혼해서 낳자고 했는데 그 친구가 지우자고 했어요. 자기 인생이 아직 아까운 것 같다고. 그때 그 친구도 고작 스물셋이었으니까요."

"어휴, 요즘 애들 발랑 까졌어."

"우리 동갑이거든요? 내일모레 사십."

"그래, 이건 비밀 인정. 그렇게 사랑했으면 왜 헤어졌어요?"

"그때 미안해서 매일 옆에 붙어있었어요. 근데 그 애가 나만 보면 그날이 생각난대요. 아이 지운 날. 고작 6주짜리라 의사 선생님도 이건 생명이라 생각하지 말자고, 죄책감 없어도 된댔는데 애가 착해서 그게 안 됐나 봐요. 잘 잊고 잘 살았으면 좋겠네요…."

대헌의 말끝이 살짝 떨리자 현진은 그런 그를 지그시 바라보았다.

"내 친구도 그런 경험한 애 여럿 있는데 잘 잊고 잘 살아요. 그 여자도 잘 살 거예요. 걱정 마요. 대헌 씨랑 아이 같은 건 까맣게 잊고 지낼걸?"

현진은 갑자기 대헌의 어깨를 주먹으로 퍽 쳤다. 나름 위로라고 하는 행동인 것 같았다.

"울지 마요. 죄책감 같은 건 날릴 때도 됐다고."

"안 울었는데요?"

"그렁그렁 맺힌 건 뭐예요. 그럼."

"그냥 컨테이너 안이 습해서 그런 거예요."

"덩치만 산만해서는 안 어울리게."

현진은 대헌의 눈가를 닦아주려는 듯 손을 가져다 댔다. 그러다 두 사람의 시선이 마주쳤다. 전혀 어울리지 않는 상황에서도 둘은 어색하고도 묘한 기류를 눈치챘다. 뻔한 드라마 장면 같았지만, 불이 난 공항 안 컨테이너 안이라는 점이 달랐다. 말 못 할 비밀도 냅다 털어놓은 마당에, 단 1%의 확률이라도 한날한시에 죽을 수도 있는 마당에, 입맞춤 한번 뭐 어렵겠냐는 생각과 본능에 서로의 얼굴이 서서히 가까워지려던 찰나 컨테이너 문이 냉큼 열렸다.

"안에 몇 분 계십니까!"

본인이 분위기를 완전히 깼다는 사실은 모른 채 구급 대원이 우렁찬 목소리로 외쳤다. 현진은 주저앉아 있던 바닥을 딛고 바로 일어나 그에게 달려갔다.

"저요! 왜 이렇게 늦게 와요! 설마 업무 태만이에요?"

"신고 전화가 안 왔는데 혹시 몰라서…."

"전화 정지 먹었다니까 왜 다들 전화 타령이야!"

대헌은 구급대원을 붙잡고 한참을 칭얼대는 그녀의 황당한 행동에 자신도 모르게 미소를 지었다. 현진의 말투가 이제는 귀엽게 느껴지는 자신을 발견하고는 정신 차리라고 혼잣말을 했다. 캄캄하던 컨테이너에 빛이 새어 들어왔고, 바깥에는 그들을 구조하기 위한 사람들이 대기하고 있었다. 화재는 대헌의 예상대로 공항 반대편에서 난 것이었고 금방 진압되어 단순 해프닝으로 막을 내렸다.

"잘 가요."

"그쪽도요."

공항 밖 해가 어스름해진 무렵, 상황이 대충 수습이 되자 둘은 다음 비행기를 기다리며 인사를 나눴다. 반나절 전에 알게 된 사이와 하는 낯선 인사였다. 안녕하세요, 반갑습니다, 그리고 마지막엔 잘 가요. 대헌은 말을 이었다.

"서로 이렇게 헤어지는 게 낫겠죠?"

"살다가 마주치면 반갑게 인사나 해요."

현진이 미소를 지으며 말했고 대헌은 웃으며 고개를 끄덕였다. 둘은 그렇게 연락처도 모른 채 헤어졌다. 소개팅이라는 취지엔 맞지 않는 하루였지만, 현진과 대헌 모두에게 그날은 인생에서 특별하고 애틋한 날로 기억되었다. 생판 모르는 사람의 단단한 겉에 숨겨진 여린 속마음을 보게 된 날, 그리고 내 것도 꺼내어준 날. 소개팅에서 하면 안 되는 말들을 모두 해버린 날. 그런 하루는 살아가면서 평생의 위로가 되곤 했다. 나에게 그런 하루가 있었다는 사실로 미소가 번지고 온기가 피어오르는 기억. 다시 스쳐 지나간다면 반갑게 인사하고 싶을 인연.

다음에도, 언젠가, 우리 공항에서 만나요..

Chapter 2.

저마다 한 권의 책 같은 사람들

비행기가 착륙하고 제주공항에 도착했다. 예상했던 대로 사람들은 죄다 제주로 모였다. 가족들도, 연인들도 그리고 나 같은 나 홀로 여행객들도 전부 공항에 모여 북적댔다. 내 옆에 쌍꺼풀이 짙은 남자분도 나와 같은 항공편으로 제주로 왔다. 대헌과 나는 렌터카 업체로 가는 셔틀버스에 몸을 실었다. 나는 원체 낯을 가리는 성격이 아니어서 이것저것 말을 붙였다. 그는 경기도 수원에서 카페를 운영하는 일을 하는데 자기 일이 너무나 좋다고 했다. 같이 일하는 사람들끼리 밝게 어울린다고 했고, 자신의 카페에서 판매하는 커피에 대한 자부심도 대단했다.

그에게서 여유로운 반짝임이 느껴졌다.

그것이 무슨 일이든 자기 일을 사랑하는 사람에게서는 빛이 난다. 난 주변에서 그 특유의 아우라를 발견하는 것을 행운처럼 여겼고 그래서 대헌이 어떤 사람인지 더 알고 싶어졌다. 소설을 쓰기 시작한 이후로 스쳐 지나가는 모든 이들에게 끊임없이 질문을 던지는 습관이 생겼다. 마치 인물 탐구 인터뷰 같은 그 대화를 통해 내가 다룰 수 있는 캐릭터의 폭을 넓히고는 했다. 특이한 직업이나 가치관을 가질수록 흥미로웠다.

"짐가방이 크네요. 무겁겠어요."

버스에서 내려 그가 내 가방을 들어주려고 하자 나는 손사래를 쳤다.

"아니에요, 정말 괜찮아요."

기어이 그는 내 커다란 캐리어를 렌터카에 실었다. 대헌은 말을 해보면 해볼수록 성실하고 좋은 사람 같았다. 묵묵한 성격 뒤로는 조용하고 부담스럽지 않게 호의를 베풀며 남을 배려하는 마음이 보였다. 사람을 관찰하지 않을 때는 몰랐는데, 그전에 내가 타인에게 가졌던 첫인상은 대부분 선입견에 불과했다. 그가 나에게 키가 크시네요. 라고 말했던 어딘지 무례했던 기억과 외모에서 풍기는 이미지는 외향적일 것 같은 선입견을 줬었는데 오히려 반대였다. 말수가 없지만, 예의 바르고 친절했다. 렌터카 업체에 도착해 차를 받고 우린 제주 시내로 진입했다. 오늘은 피곤할 테니 숙소에 가서 쉬고 내일 점심을 같이 먹자는 대헌의 제안에 나는 흔쾌히 좋다고 했다.

"저기 커피숍이 있네요. 제가 커피 사 드릴게요. 덕분에 편하게 온 게 감사해서."

"안 그러셔도 되는데. 저도 말동무 있으면 좋죠."

"아니에요. 사 드릴래요."

결국, 나는 드라이브스루에서 커피 두 잔을 사서 차에 장착된 홀더에 두었다. 우리는 내 첫 번째 숙소인 〈아무렴 제주〉라는 게스트하우스로 향했다. 소길리에 있는 그곳은 생긴 지 일 년밖에 안 된 곳이었고 푸른 마당이 있는 이 층짜리 단독주택이었다. 하루에 혼자 여행객 여섯 명만 묵을 수 있는 소소한 곳인 점도 마음에 들었고, 공간이 워낙 아기자기해서 글이 잘 써질 것만 같은 생각에 예약했다. 사실 더 오래 있고 싶었는데 인기가 워낙 많은 곳이라 일주일 정도만 머무를 수 있었다.

"그럼 내일 열두 시에 여기로 올게요. 푹 쉬어요."

"네. 데려다주셔서 감사합니다."

대헌이 떠나고 나는 숙소에 들어섰다. 주택 안에 인센스를 피워 두어 부드러운 바닐라 향이 잔뜩 풍겼는데 그게 마음을 편안하게 했다. 들어가자마자 앳된 얼굴의 스텝이 이민 가방 수준인 내 캐리어를 보고 흠칫 놀랐다. 제주 한 달살이를 하러 왔다고 말해주자 이내 고개를 끄덕이고 2층으로 안내했다. 짐을 풀고 거실로 나오면 홍차를 내어주겠다는 그의 말에 나는 옷을 편하게 갈아입고 나갔다. 거실엔 자칭 배우 조정석을 닮았다는 사장님과 스텝이 나를 기다리고 있었다. 아직 나 말고는 아무도 도착하지 않은 듯했다. 거실 한 면이 책으로 가득 차 있어 눈길을 주었더니 사장님이 마음껏 읽고, 가져가고 싶은 책이 있다면 가져온 책과 바꿔가라고 했다. 거실 가득 울려 퍼지는 재즈와 책들에 심취한 내가 행복해하고 있을 때, 사장님은 내게 차 한 잔을 건넸다.

　"소은 씨는 왜 제주에 혼자 왔나요?"

　"혼자 있고 싶어서요."

　"이 숙소에서는 같이 저녁을 먹고 서로 어울려서 지낼 텐데, 괜찮아요?"

　"네, 그러려고 온 거예요. 혼자 있고 싶은데 온전히 혼자이긴 두려워요. 모순적이죠?"

"이해해요. 저도 그래서 이곳을 열었는걸요."

그 대화를 시작으로 그는 내게 질문 폭격을 해댔다. 그럴듯하게 대답하고 싶어 고심해서 말해도, 기다렸다는 듯이 사장님은 다음 질문을 꺼냈다. 요즘 어딜 가든, 사람들에게 인터뷰를 하던 나는 역으로 질문을 받으니 정신을 못 차렸다. 한편으로는 진지한 질문에 어울리는 답변을 하는 게 생각보다 힘든 일이구나, 깨달았다. 하지만 그런 사장님의 모습에서 이 공간을 선택해 준 사람들에 대한 깊은 애정이 느껴졌다. 나에 대한 궁금증이 풀릴 때쯤 다른 사람들도 도착했다. 유나라는 이름의 보름 동안 같이 연박을 하는 비서 언니, 제주살이 중인 귀여운 여동생과 전라도 광주에서 온 사투리가 구수한 친구, 그리고 경찰 남동생 한 명. 우리가 그날 〈아무렴 제주〉에서 잘 예정이었다.

"오늘은 우리 흑돼지 먹으러 갈까요?"

"좋아요!"

사장님의 제안에 다들 해맑게 외쳤다. 우리는 그의 차를 타고 바다가 보이는 동네 고깃집에 갔다. 그날은 비도 오지 않고 맑아 하늘을 물들인 노을이 선명했다. 제주에 도착하자마자 본 황홀한 광경에 감탄하고 있으니 광주에서 온 분이 사진을 찍어줬다. 처음엔 어색했지만, 흑돼지에 한라산 소주로 말은 소맥이 들어가니 다들 금세 친해졌다. 사장님은 그곳에서도 여전히 집요한 인터뷰어였다. 자신의 소명인 듯 모든 사람에게 온갖 질문을 다 하는 바람에 다들 몇 살이고 무슨 일을 하며 제주도에 왜 왔는지 알 수 있었다. 다들 다양한 이유로 제주를 혼자 왔다. 어떤 이는 실연을 당해서, 어떤 이는 휴가를 보내기 위해서, 어떤 이는 퇴사를 해서.

"저는 혼자 여행 온 게 처음이에요."

나의 고백에 다들 미소를 지었다.

"이제 혼자 여행만 하게 될걸요?"

그들이 왜 혼자 떠나는 여행을 좋아하는지 벌써 알 것만 같았다. 혼자이기 때문에 다양한 사람을 여행자의 시선으로 겪을 특별한 기회를 선물 받고 자신을 고요히 들여다볼 수 있다. 다들 나 홀로 여행의 베테랑이었기에 나는 그들에게 많은 팁을 얻었다. 동행을 구할 때 안전한 방법과 매너, 그리고 혼자 다니기 좋은 식당과 글쓰기 좋은 카페들까지.

그렇게 첫날을 마무리하고 다음 날 아침 일찍 일어나 거실로 나왔다. 내가 좋아하는 음악을 틀고 글을 한창 쓰고 있으니 경찰 친구가 방문을 열고 나와 말을 걸었다. 나보다 한 살 어린 친구였다.

"누나, 작가세요?"

"아니요, 그냥 취미예요. 본업은 따로 있고."

멋쩍게 웃어 보이자 그는 안 그래도 큰 두 눈을 동그랗게 떴다.

"우와, 멋있어요. SNS 아이디 알려주세요."

멋짐과 SNS의 상관성은 모르겠으나 연락하고 지내고 싶은 마음이라고 생각하고 흔쾌히 알려주었다.

"너 글 써? 아침부터?"

유나 언니도 2층에서 내려와 나에게 물었다. 같은 방을 쓰는 우리는 어젯밤 사이에 말을 놓았다. 언니는 정말 털털하고 유쾌한 사람이었다. 어떤 이야기를 꺼내도 어머, 웬일이야 하며 자기 일인 것처럼 반응해 속 깊은 이야기까지 전부 다 해버리게 하는 특별한 능력의 소유자였다. 테이블에 둘러앉아 정다운 대화를 나눈 뒤 우리는 스텝이 내려준 드립 커피를 마셨다. 바리스타 경력이 있는 친구라 그 맛이 대단했다. 그 커피 때문에 그곳을 다시 가고 싶을 정도였다.

대헌이 숙소 앞에 도착했다고 해서 나는 노트북을 챙

기고는 조수석에 탑승했다. 그는 어제 본 것보다 멀끔한 셔츠 차림으로 무뚝뚝하게 나에게 인사했다. 우리는 사장님이 추천해 준 근처 고기 국숫집에 가서 오늘 뭘 하면 좋을지 의논했다. 카페에 가서 글을 쓰고 싶다고 말했더니 그럼 자신도 책을 읽겠다며 책을 사러 서점에 먼저 들르자고 했다. 제주도에 예쁜 책방이 많다고 들어가 보고 싶었는데 먼저 제안해주니 신나서 폴짝댔다. 책을 좋아하는 나를 배려해 주는 그의 마음이 고마웠다. 워낙 편하게 지내는 걸 좋아하는 내 성격으로 우린 가는 길에 말을 놓았다. 도착한 곳은 〈소리 소문〉이라는 아기자기한 서점이었다. 사장님이 책마다 애정 어린 코멘트를 써 두었고 곳곳에 정성이 가득했다. 나는 책들로 빽빽이 채워진 공간만 들어서면 설레곤 한다. 종이 겹겹 속에 숨어있는 인생들을 다 꺼내 보고 싶은 마음이 피어올라 감출 수 없을 정도로.

"책 추천해 줘."

"어떤 장르의 책을 좋아해?"

"글쎄, 많이 안 읽어봐서 모르겠어."

그는 나보고 책을 많이 읽어봤으니 추천해달라 청했고, 나는 이런 부탁을 받을 때면 엄청난 책임감을 느끼곤 했다. 그 사람이 앞으로 책을 사랑하게 될 수 있는 일생 일대의 기회를 부여받은 느낌이랄까. 장르를 가리지 않고 여러 권 추천했으나 결국 그는 처음에 본 블라인드 북을 택했다. 이 책방에서는 책들을 포장해 두고 키워드 몇 개만 공개한 채 무작위로 구매할 수 있는 코너를 만들어 뒀는데 여행을 좋아한다던 대헌은 꽂힌 키워드가 있는 듯했다.

#b급감성 #진짜살아보기 #여행 #에세이

아이 같은 얼굴로 책을 사들고는 차에서 포장지를 북북 찢어 열어보았다. 최민석 작가의 〈베를린 여행기〉로 사진이 많이 든 두꺼운 에세이 집이었다. 우리는 책에 명시된 가격은 만 칠천 원인데 왜 서점에서는 만 팔천 원을 받을까, 포장지의 가격이 천 원일까에 대해 얘기하면서 근처 카페로 향했다. 카페에 도착해서 이어지는 대화 주제 또한 여행이었다.

"나는 해외도 다 혼자 여행했어. 소은아, 오스트리아에 그 비엔나커피집 혹시 가 봤어?"

"혼자 잘 다니는구나. 당연히 가봤지! 다 한국인만 있던데? 근교에 할슈타트 가 봤어?"

"거긴 천국이지. 근데 내가 갔을 땐 오늘처럼 비가 왔어."

"비가 오는 날의 할슈타트라니. 운치 있을 것 같아."

그는 생각보다 말을 잘하는 사람이었다. 특히 자신이 가본 여행지들에 관해 말할 때면 두 눈이 반짝반짝 빛날 만큼 여행을 사랑했다. 그 이후의 일주일도 비슷했다. 온전히 혼자 있고 싶은 날이면 미리 얘기하고 만나지 않았지만, 동행하기로 한 날이면 우리는 그런 식으로 다른 책방에 들러 책을 구경했다. 색다른 책방에 가보기 위해 한시간 반을 꼬박 달려 섬 반대편으로 이동할 때도 있었다. 그다음엔 조용한 카페에서 나는 글을 쓰고 그는 책을 읽었다. 그와의 정적은 어색하거나 견디지 못하는 류가 아니었다. 신기하게도 많은 말을 하지 않아도 더없이 아늑했다. 티 내지 않고 말하지 않아도 느낄 수 있는 배려의 아름다움을 그에게서 배웠다.

낮에 오늘 글 분량을 다 채웠다는 뿌듯한 마음으로 〈아무럼 제주〉로 돌아가면, 유나 언니와 사장님과 모여 오늘 일상을 나누고 다 같이 저녁을 먹고는 신나게 놀았다. 우리 셋을 빼고는 매일 새로운 사람이 숙소에 오는데, 그들이 잘 어울릴 수 있도록 먼저 말을 붙여 다 같이 술도 마시고 게임도 했다. 단순한 카드 게임이나 노래 제목 맞추기 같은 게임도 쓸데없이 승부욕이 있는 편이라 그 누구보다 열심히 임했다.

"지는 사람이 내일 점심 쏘는 거야. 내일 메뉴는 돈가스다."

게임을 못 하는 유나 언니가 비장하게 말하면 나는 웃으며 장난을 쳤다. 부쩍 친해졌다는 증거였다.

"언니, 오늘도 게임 져서 밥 사주더니 내일도 사고 싶어서 그런 거지?"

"오늘은 절대 지지 않을 거야! 내일은 소은이 네 지갑을 털겠어."

커다란 테이블에 여럿이서 두런두런 앉아 가볍게 장난을 치며 웃고 떠들다가도, 밤이 깊어지면 우리는 서로 속 깊은 고민을 이야기했다. 나는 바쁜 일상과 주변 기대에 지친 마음을 털어놓았고, 그 자리에 있던 여러 개의 눈은 내 말을 놓치지 않으려는 듯 반짝이며 진심을 다해 들어주었다. 순간 예민하고 날이 서 있던 마음이 녹아내리고, 심각했던 고민도 한없이 사소하게 느껴졌다. 또한, 나뿐만이 아니라 처음엔 그저 밝아만 보이던 사람들의 내면에도 남모를 고민이 살고 있다는 것을 알게 되었다.

좋아하는 일을 찾지 못해 무기력하다며 울먹이던 친구의 등을 쓰다듬어 주기도 했고, 결혼을 약속했던 사람과 이별을 한 친구의 이야기를 밤새 들어주기도 했다.

속이 타서 주변에 털어놓고 싶다가도 이런저런 걱정이 앞서 가까운 사람에게 나의 어둡고 슬픈 면을 보이기 힘들 때가 있다. 그렇게 드러내지 못하고 오래 묵힌 힘든 감정은 무거운 바위처럼 마음을 힘껏 짓눌러 가라앉게 했다. 그렇게 간직해온 각자만의 바위를 완전한 타인에게 보여주고 당신의 것을 구경하며 서로 위로가 되어줄 수 있다니. 각이 지고 무거워진 고민의 모서리를 매만지며 조금 더 둥글고 가볍게 만들어줄 수 있다니. 매일 밤의 대화가 경이로웠다. 저마다 한 권의 책 같은 사람들이었다.

아침이 되어 눈을 뜨면 잘 내려진 커피를 마시고 책을 읽고 글을 쓰던 〈아무렴 제주〉에서의 시간이 흘렀다. 어느새 내가 숙소를 떠나는 날이 하루밖에 남지 않은 밤에 우리는 택시를 불러 다 같이 애월에 있는 〈마틸다〉라는 LP 바에 갔다. 원하는 노래를 연필로 써서 내면 바이닐을 턴테이블로 틀어주는 곳이었는데 낡은 음악 소리가 따스했다. 내일이면 이곳을 떠난다는 아쉬움에 눈시울을

붉히니 유나 언니가 나를 꼭 안아주었다.

"가서도 자주 보자. 네 여행은 이제 시작이고 난 네가 어딜 가서 무엇을 하든 응원할게."

그 말 한마디가 나에게 얼마나 큰 힘이 되었는지 그녀는 알고 있을까. 그리고 나도 같은 마음이라는 것을 알고 있을까. 그녀와 나눈 모든 기억은 내게 감동이자 치유였다. 그렇게 따뜻했던 일주일은 빨리 흘러갔다. 짐가방을 들고 숙소를 나오던 날, 나는 모든 사람에게 마음을 담은 짧은 쪽지 한 장씩을 전달했다. 당신들을 담은 책이 이 세상에 나오게 된다면 꼭 선물하리라는 약속도 했다.

여행의 시작을 대헌과 유나 언니, 그리고 〈아무렴 제주〉 사람들과 함께할 수 있어서 내겐 더 없는 행운이었다. 사람이 사람을 알게 되는 일보다 기적으로 칭할 수 있는 게 있을까?

그저 스치거나 끝내 모른 채 지나가는 인연이 태반이기 때문에, 한 사람을 알게 된다는 건 모를 수도 있었던 이의 발자취와 생각들을 어루만져볼 수 있는 권리를 부여받는 일. 한 권의 책처럼 주의를 기울여 읽어야 하는 일, 한 편의 오래된 영화처럼 투명하도록 따뜻한 일이다.

다시 읽고 싶은 책, 다시 보고 싶은 영화가 생겼다는 것은
얼마나 소중한 일인가?

"내가 말이 너무 없었지? 같이 다녀줘서 고마워. 밝은
네 덕분에 내내 즐거웠어."
대헌의 한 마디.
"같은 광화문에서 일하니까 꼭 점심 같이 먹기야!"
유나 언니의 아쉬움.
"책 나오게 되면 한 권 꼭 주기. 숙소에 둘게요."
사장님의 미소.

그 모든 게 애틋하다.

소셜 북 클럽
Social Book Club

책이 사라졌다. 활자보다 재미있는 게 너무 많아져 버
린 탓이었다. 기술은 사람들이 고뇌할 기회를 대신했고
책은 도태되어 철 지난 문명이 되었다. 정보나 이야기는
영상이나 가상 체험으로 빨리 얻는 것이 공공연하게 당
연해졌다. 수많았던 서점들이 문을 닫고 새로운 문화가
그 자리를 대체하면서, 종이책은 할머니 책상 서랍 한편
에 희미하게 숨어있는 유물처럼 여겨지는 시절이 찾아왔
다. 그러나 그 시대에도 아직도 책을 잊지 않은 사람들이
있었다. 1년에 딱 한 번 모이는 그 모임의 이름은 '소셜
북 클럽 Social Book Club'이었다. 구성원들은 제주도에 별
장을 얻어 한 해를 시작하는 날에 만났다. 그날부터 열흘

동안 내내 챙겨온 책을 펼쳐 읽고는 벅찬 대화를 나누기로 약속한 지 긴 시간이 지나, 어김없이 살갗이 오들오들 떨려오는 한 겨울날 다시 모였다.

"오늘도 죽지 않고 살아온 것이여?"

유나가 별장에 들어서자 늘 그랬듯이 해민이 반겼다.

"그럼. 아직 칠십 줄인데 죽긴 왜 죽어? 더 읽다 죽어야지."

유나는 너털웃음을 지으며 소파에 앉아 한쪽 다리를 지탱하는 인공 다리를 빼냈고, 옆에서 해민이 그 작업을 도왔다.

"벌써 이 모임도 삼십 년째여, 삼십 년째. 시간 빨러."

해민의 구수한 사투리가 섞인 말에 유나가 미소로 화답했다. 이제 세 명만이 이 소셜 북 클럽에 남았고, 그 말은 나머지는 모두 떠났다는 말과도 같았다. 종이책이 희귀해지기 시작할 무렵에 유나는 이 모임을 만들었다. 누군가는 계속 읽어야 한다. 누군가는 계속 기억해야 한다. 기록하지 않고 읽지 않는 생은 폐허나 다름이 없다는 그녀만의 철학이 있었다.

처음엔 수많은 사람이 동참했고 뉴스에서도 보도하곤 했지만, 잠시 유행처럼 스친 관심은 가감 없이 줄어들었다. 수천 명에서 수백 명 그리고 수십 명. 그렇게 한 해씩 지나갈 때마다 붙들고 싶던 인연들은 끊기고, 유나와 절친한 친구 혜민 그리고 혜민의 남편 준우만이 남았다. 셋이어도 상관없어, 우리끼리라도 읽어,라고 유나는 당차게 외쳤지만, 그녀의 뒷모습은 까마득히 외로워 보였다. 유나는 남편이 교통사고로 죽은 직후에도, 그 해 소셜 북클럽 기간에 어김없이 씩씩한 모습으로 이 별장에 와있었다.

그렇게 오랜 시간 소셜 북 클럽을 운영해오던 평범한 어느 날이었다. 모임을 한 달 정도 앞둔 시점에서 새롭게 가입하겠다는 연락을 받았다. 옛날 기사에 적혀 있는 연락처로 누군가 유나에게 직접 가입하고 싶다는 의사를 밝힌 것이었다. 당황한 유나가 몇 년은 구경도 못 한 양식을 애써 찾아 보내자 3초 만에 꽉 채워진 신청서를 받을 수 있었다. 손 하나 까딱하지 않아도 그 정도 개인 정보는 눈 깜빡할 시간 내에 다 기재해서 보낼 수 있는 세상이었다.

이름 하영서. 나이 20세. 가입 동기. 책을 읽어보고 싶습니다.

주소 같은 세부사항을 제외하면 이것이 전부였다. 스
무 살이 책을 읽고 싶다고? 그래서 늙은이들만 있는 이
별장에 찾아오겠다고? 옛 문물을 접하면 어딘가 멋들어
져 보일 줄 아는 철부지 아이의 장난으로 파악하고 답을
하지 않았더니 다음날은 전화가 걸려왔다. 왜 답장을 하
지 않냐는 당돌한 목소리에 대응할 여지가 없어 다음 달
에 소셜 북 클럽이 열리니 제주도로 오라는 말만 남기고
는 전화를 끊었다. 가끔 옛날 다큐멘터리나 영화를 보고
는 책에 관심이 생겨 연락이 오는 이들이 있었는데, 결국
책을 접한 후에 그들의 반응은 같았다. 고리타분하고 지
루해. 쉽게 접할 수 있는 재밌는 콘텐츠가 얼마나 많은데
이렇게나 복잡한 구조의 활자들은 대체 왜 읽는 거야?
그런 이유로 대부분은 하루 이틀 만에 별장을 떠나고는
다시는 찾아오지 않았다. 이 스무 살 소녀도 기껏해야 며
칠 얼굴을 볼 인연이겠지. 유나는 씁쓸한 마음을 뒤로한
채 손꼽아 기다리던 소셜 북 클럽 기간을 준비했다. 함께
읽을 새로운 책을 찾아내는 데 집중했다. 그리고 다시 1
월 1일이 되어 여느 때처럼 셋이서 안부 인사를 나누던

중에 현관문이 열렸다.

"안녕하세요."

앳된 얼굴의 여자애 하나가 열려 있는 문틈 사이로 고개를 내밀었다. 큰 눈동자와 투명한 피부, 작은 몸집에 까만 단발머리의 소녀가 몸집보다 큰 가방을 메고 그들과 시선을 마주하고 있었다. 그녀의 표정은 여유 하나 없이 딱딱하게 굳어 있었다.

"네가 영서니?"

"네."

묘한 기류에 해민과 준우는 영문을 모르겠다는 듯이 유나를 쳐다보았고, 유나는 들어오라고 손짓했다.

"저번에 전화로 말했잖아. 어린 여자애가 가입 신청서 보냈다고."

"그거 그냥 장난이었잖여. 진짜여?"

"장난 아니니까 앞에 서 있겠지. 서로 인사 나눠."

유나의 말에 영서는 소파에 가방을 내려놓으며 말했다.

"스무 살. 손영서. 책을 읽고 싶어서 왔다고요."

영서의 태도는 어딘지 모르게 공격적이었다. 성격이 급한 해민은 다시 물었다.

"아니 그니까 왜 읽고 싶은거? 새파랗게 어린 애가 왜 하필 책이여? 재미난 거 많잖여."

유나가 해민에게 매서운 눈초리를 던지자 해민의 목소리는 점점 작아졌다. 유나의 속마음이 전달된 모양이었다. 유나는 영서에게 원년 멤버인 해민과 준우를 소개했지만, 별다른 반응은 이끌어내지 못했다. 그저 시선의 끝에는 모서리가 없을 뿐이었다. 이후에도 해민이나 준우가 몇 번이고 더 질문을 해댔지만 이제 영서는 대답하지 않기도 마음먹은 듯 입을 꾹 다물었다. 유나는 영서를 보고 작은 육체에서 영혼만 빠져나온 사람 같다고 생각했다.

그렇게 조금은 어색한 분위기로 제30회 소셜 북 클럽이 막을 열었다. 진행되는 방식은 이러했다. 낮 동안에는 각자 1년 동안 구해 온 가지각색의 책들의 내용을 설명해주면 나머지 사람들은 열심히 듣는 식이었다. 그 이후 저녁 식사를 한 뒤에는 개인의 방에 원하는 책을 가져다 읽어볼 수 있었다. 유나는 별장 끝 녹차 밭이 펼쳐진 창가에서 책들을 한 장, 한 장 어루만지며 읽을 수 있는 그 시간을 위해 나머지 열한 달을 살아내곤 했다.

"유나는 이번에 어떤 책을 구했어?"

준우가 묻자 유나는 아주 조심스럽게 가방에서 책 여러 권을 꺼냈다. 마치 갓 낳은 생명을 어미의 몸에서 처음 꺼내는 듯한 몸짓이었다.

"이번 책들은 진짜 귀한 거야. 몇 권 남지 않은 김문숙 작가님 유품인데 가족들이 내게 줬어. 그마저도 너무 오래돼서 이렇게 손상되었대. 조심해서 다루고 복원 작업부터 시작하자. 읽는 건 그다음에 읽고."

유나의 말이 끝나자마자 해민이 즉각적으로 손을 뻗었다.

"김문숙 작가님 책이라니. 출판 본이 아직도 있었다는 거여? 한 번만, 딱 한 번만 읽어보고 복원하면 안 돼야?"

유나는 단호하게 안 돼, 오늘 안에 다 작업하고 내일 저녁에 읽어, 라고 답했다. 해민은 시무룩한 얼굴로 마지못해 준비를 시작했다. 그들은 안경을 쓰고는 종이에 생긴 눅진한 자국을 없애고 사라진 잉크 부분은 다시 메꾼 다음 다시 빤질한 용지로 얇게 코팅했다. 사실 이런 일차원적인 물건은 몇만 개고 한 번에 복사하고도 남을 기술이 있는 세상이었지만, 원본이라는 가치를 훼손해서는 안 된다는 것이 소셜 북 클럽의 원칙이었다. 글자 하나하나에 집중하고 있는 그들을 지켜보던 영서가 못 참겠다는 듯이 자리를 박차고 일어섰다.

"아니, 책은 언제 읽어요? 나 책 읽으러 왔다니까."

"이거 끝나고 내일부터 각자 가져온 책 공유하고 읽는 시간 있어."

"먼저 읽고 있으면 안 돼요? 뭔지 궁금해서 그래."

눈길 한번 주지 않는 유나에게 영서는 인상을 찌푸리고는 떼를 썼다. 작업에 열중하던 유나는 그런 영서를 물끄러미 보다가 서재 쪽을 가리키며 저쪽 방에 가서 조심히 읽으라고 단언했다. 물론 책 한 장이라도 찢어지는 순간 각오해야 할 것이니, 훤히 보이도록 문을 활짝 열어두고 읽으라는 당부를 잊지 않았다. 영서는 대답 한마디 없이 유나가 알려준 방으로 갔다. 시킨 대로 서재 문을 열어두고는 흔들의자에 앉아 집히는 아무 책이나 훑어보는 듯했다. 해민은 그런 영서를 흘깃거리며 유나에게 말했다.

"애가 좀 이상혀, 뭔 속셈 있는 거 아녀? 왜 제 발로 여길 찾아왔댜?"

"어린애가 무슨 속셈이 있겠어. 며칠 뒤면 지루해져서 돌아가겠지."

"그건 그려. 길어봤자 내일 아님 모레 가겄지. 에혀, 우리도 젊은 피가 있어야 이 책들 다 물려줄 텐데 말여. 곧

셋 다 뒤지면 어떡혀. 이것들은 다 누가 지킨단말여?"

"이제 한창 칠십 줄인데 죽긴 왜 죽어 자꾸?"

"책 속 사람들은 팔십까지 겨우 살았잖여. 근데 지금
세상은 백이십은 우습게 넘겨 부러. 책 속 세상은 멈췄는
데 여긴 왜 자꾸 변하느냐 이 말이여. 나는 죄다 쉬워진
이 세상이 싫으니 빨리 떠날 것이여."

"남편 앞에서 별말을 다 한다. 갈 거면 너 먼저 가. 난
할 일이 많아."

유나와 해민은 여느 때처럼 티격태격했고, 그들에게
시선 한번 주지 않은 채 준우는 활자 복구 작업에만 몰두
했다. 온종일 책들만 들여다본 끝에 책들에 해줄 일들은
대강 끝이 났다. 기지개를 켜던 유나가 영서 쪽을 다시
쳐다보았지만, 그녀는 여전히 같은 자세로 열심히 책을
들여다보고 있었다. 반나절이 홀쩍 지났는데 저렇게 오
래 책을 본다고? 유나는 두 눈을 의심했지만, 간만에 책
에 관심 두는 아이의 모습이 보기 좋다며 방해하지 말자
는 해민의 뜻에 따라 피곤해진 몸을 이끌고 일찍 잠자리
에 들었다. 그날따라 꿈 자락 하나 찾아오지 않았고 잠이
달았다.

다음날 날이 밝고 준우의 성난 고함소리에 모두 잠에

서 깼다. 한 번도 큰 소리를 낸 적 없는 준우였기에 경악한 유나와 해민은 곧바로 거실로 뛰쳐나갔다.

"책 안에 글자들이 다 사라졌어!"

다급히 준우가 가리킨 쪽으로 시선을 옮기자, 거실 바닥 가득히 펼쳐져 있는 책들 속엔 모두 하나같이 빈 종이들뿐이었다. 어제 열심히 복원한 김문숙 작가의 책들조차 텅 비어있었다. 유나가 다른 책 전부를 탈탈 털어 넘겨봐도 같았다. 마치 시체처럼 책들은 영혼을 잃었다. 어처구니가 없어 아무 말도 나오지 않던 찰나 영서가 방에서 부스스한 얼굴로 나왔다.

"너, 네가 이 책들 어제 읽지 않았니?"

유나가 악에 받친 목소리로 소리치자 영서는 멀뚱히 그녀를 보고 대답했다.

"네. 밤새 읽었어요."

그리고 살며시 미소 지었다.

"제가 그랬어요, 여기 있는 글자들 제가 다 지웠어요."

순간 채도가 낮은 소녀의 음성이 사탄의 것처럼 사악하게 들렸다. 유나는 그 자리에서 쓰러졌고 해민은 영서의 뒤통수를 냅다 치며 소리 질렀다. 이 악마 같은 년, 도대체 어디서 나타나서 우리가 삼십 년도 넘게 모은 자식

같은 것들에게 저주를 내렸다냐, 천벌을 받아도 한참 모자랄 년.

유나가 눈을 떴을 땐 제주시의 한 병원이었다. 유나의 몸에는 환자의 몸 상태를 실시간으로 분석할 수 있는 기기가 부착되어 있었고, 남편과 함께 당한 교통사고에서 잃은 한쪽 다리조차 인공 로봇으로 완전하게 대체되어 있었다. 제때 충전만 하면 아무런 불편 없이 내 것처럼 쓸 수 있는 다리를 보며 유나는 생각에 잠겼다. 이런 풍족하다 못해 넘치는 세상 속에서 고작 책 하나를 잃은 것뿐이라고. 그런데도 차라리 그 책들 대신 내가 죽고 싶다고. 누군가의 생이 기록되고 죽음이 살아있는 그 물건은 그 무엇과도 비교할 수 없는 것이라고 믿기에 그러고 싶다고. 눈빛에 초점을 잃은 채 혼잣말을 하고 있자 의료진이 도착해 이것저것 상태를 물었다. 그 뒤엔 해민과 준우도 있었다. 눈가엔 상실을 가득 머금고 두 뺨은 상기된 이들이 서 있었다.

해민이 곁으로 다가와 한참동안 유나의 마른 등을 쓸었다. 넋이 나간 사람처럼 한참 중얼거리던 유나는 갑자기 차분해져서는 물었다.

"해민아. 그 애 어디 있니?"

"그 몹쓸 것, 집에 간다잖여. 어떻게 글자들만 쏙 없앤 건지 도통 모르겠는데 대답도 안 해, 이 시부럴 것이."

해민은 제 가슴팍을 쳐 댔다. 처음부터 뭔가 이상했다며 말을 늘어놓았지만 유나는 듣지 않았다.

"언제 간다는데?"

"이미 비행기 타고 가고도 남았을 거여. 너 꽤 오래 쓰러져 있었잖여."

유나는 영서의 가입 신청서에 적혀 있던 주소가 생각나 즉시 몸을 일으켰다. 의사의 만류에도 불구하고 결국 곧바로 퇴원한 뒤 공항으로 향했다. 해민과 준우가 같이 가겠다고 졸랐지만, 꼭 혼자 가서 할 일이 있다고 말했다. 비행기에 몸을 싣고 쿵쾅거리는 가슴을 가다듬고 복용하던 진정제를 삼켰다. 그 의도가 어떤지는 모르겠다만 하룻밤 만에 책 속 글자들이 사라질 일이라면, 다시 돌이킬 방법이 분명 존재할 거라고 스스로 되뇌이며 억겁의 시간을 견뎌냈다. 애써 눈을 떴지만 마치 한 번도 빛을 마주한 적 없는 것처럼 캄캄했다.

어떻게 도착한 건지 자각하지 못한 채 영서가 적어낸 곳인 신대방동의 한 작은 빌라에 도착했다. 그곳에는 사람 하나 살지 않을 것 같은 고요가 정적이 되어 흘렀다. 넝쿨들이 벽을 넘어 그 끝이 보이지 않는 낡은 문을 두드리자 안에서 인기척이 들렸다. 곧이어 큰 눈동자의 소녀가 문을 열었다. 영서였다. 영서는 유나와 눈이 마주치자마자 서둘러 문을 닫으려고 문고리를 당겼다. 하지만 유나가 자신의 인공 다리를 재빨리 문 사이에 끼워 넣은 바람에 의도대로 되지 않았다.

"제발, 얘기 좀 하게 해다오. 부탁이다, 애야."

유나는 자신보다 오십 살은 거뜬히 적은 아이에게 애원했다. 영서는 흔들리는 눈으로 그녀의 다리를 빤히 응시하더니, 손에 힘을 빼고는 집 안으로 들어가 버렸다. 따라서 안으로 들어간 유나는 집 안을 둘러보았다. 사람 사는 냄새가 나지 않는 집이었다. 휑하고 쓸쓸했다. 그저 영서가 제주에 가지고 왔던 큰 짐가방 하나가 이 집에 영속되어 있다고 칭할 수 있는 전부였다.

"뭘 그렇게 봐요?"

영서는 소파도 없는 거실 바닥 구석에 앉아 말했다.

"너, 책 속 글자는 어떻게 없앤 거니? 잉크를 깨끗이 지우는 기기라도 갖고 온 거야?"

"그런 거 아닌데요. 눈으로 읽으면 그대로 글자들이

사라져요."

믿지 못하겠다는 얼굴로 유나가 쳐다보자 영서는 자신의 가방에서 책 한 권을 꺼내 유나 앞에 두었다. 유나의 서재에서 미처 못 지운 책들을 가방에 가득 싣고 온 듯했다. 펼쳐진 책 위로 그녀의 시선이 활자들에 닿자, 몇 분이 채 지나지 않아 글자들은 하나둘 증발하듯이 사라졌다. 믿을 수 없는 광경에 유나는 멍하게 쳐다보다가 영서의 손을 잡고 빌기 시작했다.

"이렇게 사라지게 할 수 있다면, 다시 되돌릴 수도 있지? 그런 거지? 부탁이야. 어떤 목적으로 우릴 찾아와 그것들을 없앤 건진 모르겠지만, 내 인생을 바쳐 지켜온 책인데 하룻밤 만에 그렇게 허무하게 보낼 수는 없어. 되돌려준다면 무엇이든 할게. 응?"

눈물이 주름진 눈가에서 그녀의 삶의 흔적이 새겨진 얼굴까지 흘러내렸다. 영서는 텅 빈 눈으로 그녀를 응시하더니 한참 대답이 없었다. 고개를 떨구고 한참을 생각하더니 입을 열었다.

"왜 그렇게 종이와 글자에 불과한 것에 목을 매는 거예요?"

노인의 삶의 탄식 같은 것이 어린아이의 목소리를 타

고 전해졌다. 한참 정적이 흘렀다. 그리고 끝내 영서는 자신의 이야기를 시작했다.

*　*　*

　기억도 나지 않을 무렵에 영서의 부모는 사고로 죽었다. 너무 어릴 때라 엄마 아빠가 어떤 사람이며 어떤 사고를 당한 건지 알지 못했다. 영서는 혼자 사는 할아버지의 손에 맡겨졌다. 할머니가 죽은 지 얼마 안 된 시점이었다. 그렇게 큰 상실을 겪은 둘은 서로만을 가족이라고 부르게 되었다. 그 시절에는 할아버지는 그녀에게 자주 옛날이야기를 해주곤 했다. 보통은 그의 경험담이나 들었던 일들을 이야기로 엮어 들려주었는데, 영서는 나지막한 할아버지의 음성을 듣다가 잠드는 일을 좋아했다. 그 이야기의 끝자락에서 할아버지는 젊었을 때 자신의 꿈이 시인이었다고 자주 고백하곤 했다.

　"할아버지, 시인이 뭐 하는 사람이야?"

　"세상을 비추는 사람이야."

　"그건 어떻게 하는 건데?"

　"진심을 글에 담아 세상에 전하면 돼."

할아버지는 이따금 이해할 수 없는 말을 자주 했다. 영서가 홀쩍 크고 세상이 변했던 그 어느 순간부터는 당신의 방에 들어가 몇 날 며칠을 밤을 새우면서 책상에 앉아 무언가에 열중하곤 했다. 어느 날부턴가 할아버지는 그의 무릎에 앉아서 노는 것을 좋아하던 영서를 방 근처에 얼씬도 하지 못하게 했다. 심지어 잠깐 밖에 나갈 때는 그곳을 잠그고 외출했다. 들어가면 아주 혼쭐이 날 것이라는 으름장을 놓고는 더는 저 방에 대해 언급하지 말라고 했다. 다정하기만 했던 할아버지가 저 방 속 괴물들 때문에 변한 것 같아 싫기만 했다. 그렇게 영서는 하루가 다르게 자라났다. 학교에 다니고 친구들이 전부라여기는 나이가 되자, 어린 투정들도 사라지고 할아버지와는 조금씩 멀어졌다. 다녀왔습니다, 밥 먹어라, 말고는 대화가 없는 사이. 그 나이 여느 여자아이가 그렇듯이 여린 감성과 비밀은 많아졌고 할아버지는 그런 영서를 점점 더 어려워했다. 그렇게도 다정하던 시절에 옅은 먹구름이 드리웠다.

그날은 영서가 입시 준비를 하다 늦게 귀가한 날이었다. 매일같이 거실에 나와 그녀가 오는 것을 무뚝뚝한 표정으로 지켜보고는 방으로 들어가던 할아버지가 오늘은 없었다.

"말도 없이 어딜 가신 거지?"

중얼거리던 그녀는 그렇게 들어가지 말라던 할아버지의 방문을 처음으로 열었다. 웬일로 그날따라 금기의 구역은 잠겨있지 않았다. 조심스레 발자국을 집어넣으니 방 전체에 생전 맡아본 적 없는 퀴퀴한 냄새가 났다. 책상엔 낡은 종이와 펜이 잔뜩 쌓여 있었고 몇백 장의 종이를 하나로 모아 엮어 둔 처음 보는 물건도 있었다. 학교에서 같은 모양을 한 것을 책이라고 부른다고 배운 적이 있는 듯했다.

의자에 걸터앉아 그 물건을 펼쳐보았다. 혼란스러운 글자들이 그림처럼 나열되어 있었다. 그날 밤, 영서는 영혼이 이끌린 듯 그 책을 전부 다 읽었다. 어려운 단어도 있고, 이해되지 않는 문장도 있었지만, 오래된 노래 같기도 한 그 글이 살아있는 것만 같다고 생각했다. 까마득하게 어릴 적 할아버지가 입으로 들려주던 그 이야기가 살아나 책 속으로 숨어든 것만 같았다. 그리워하던 다정한 목소리가 다시 재생되는 느낌이었다. 그 어떤 색깔이나 자극이 없는 새카만 책 한 권이 이런 울림을 주다니. 할아버지가 쓴 거겠지? 이 책을 왜 여태 보여주지 않았을까? 생각하던 찰나 현관문이 열리는 소리가 들렸다. 방문이 열려 있는 것을 보자마자 신발도 벗지 않고 뛰어 들어온 그는 영서가 자신의 책을 들고 있는 걸 보자마자 핏대를 세우며 소리 질렀다.

"내가 들어오지 말랬지! 그게 어떤 건데! 네가 그걸 읽어!"

처음 보는 할아버지의 화난 모습에 소스라치게 놀란 영서는 책을 떨어트렸다. 할아버지는 그 책을 다시 주워 무언가 확인하려는 듯 첫 장을 폈지만 그 속은 전부 백지로 변해 있었다. 그는 힘이 빠진 듯 의자에 앉아 관자놀이를 짚고 한참을 말을 잃었다. 영서가 몇 번을 그에게 말을 건 뒤에야 할아버지는 간신히 대답했다. 처음 듣는 의지를 잃은 말투였다. 영서가 아주 어렸을 때 처음 책을 읽혔었다고 했다. 그때 처음으로 영서의 시선만 닿으면 글자가 사라지는 걸 알게 되었다고 했다. 이 책은 꿈으로만 남겼던 것을 혼자라도 이루려고 평생 써온 건데 네가 읽는 바람에 바람처럼 사라졌다고 했다. 영서는 그의 절망에 울먹이며 대답했다. 그저 궁금해서 읽은 것뿐이라고. 이런 거는 다시 쓰면 되지 않냐고. 하지만 그는 단호했다.

"다시 쓴다고 같은 게 나오지 않는단다. 생각은 기록되지 않으면 남아있지 않아."

할아버지는 그 말을 남기고 방을 나가버렸다. 영서는 이제 할아버지가 자신을 미워할 거라는 생각에 끝없이 두려웠다.

그렇게 그들은 단절되었다. 전보다 더 차갑게, 더 어색한 기류 속으로 깊게 파고 들어갔다. 그 날 이후, 할아버지는 다시는 그 방에 들어가지 않았다. 생기를 잃은 그를 볼 때마다 영서는 어떤 말도 돌이킬 수 없는 일을 저지른 거라고 스스로를 원망하며 몰래 혼자 울었다. 아무도 내 편이 없는 이 세상에 나는 왜 태어난 걸까? 내게 글자를 증발시키는 쓸데없는 능력은 왜 생겨난 걸까? 태어날 때부터 저주받은 게 분명해. 나는 사랑받을 수 없는 아이야.

영서는 할아버지의 꿈을 사라지게 한 자신이 미치도록 미웠다. 읽었던 기억을 되살려 한자 한자 다시 써보려고 했으나 손쉽게 기계를 이용할 땐 아무런 단어도 떠오르지 않았다. 결국, 할아버지처럼 펜을 잡고 종이에 뭔가 써보려고 마음먹으니 그 책을 방금 본 것처럼 생생했다.

한 글자도 빠짐없이 그녀의 머릿속에 숨어있다가 다시 펜 끝으로 빠져나오는 것 같았다. 신기하게도 자신이 손으로 쓴 글은 아무리 읽어도 사라지지 않았다. 그렇게 다 돌려놓으면 그의 마음을 조금은 누그러뜨릴 수 있지 않을까 생각하며 몇 달을 보냈다. 여전히 단절된 채, 아무 말도 섞지 않으면서.

그러나, 할아버지는 기다려주지 않았다. 고질적이었던 심장병으로 하루아침에 허무하게 영서의 곁을 떠났다. 심장이 약해도 요즘 의료기술이 좋아 백 살은 거뜬하게 넘어 네 곁에 오래 머물 수 있다고 자신만만하던 모습이 물거품처럼 사라졌다. 아직 한 마디도 진심을 전달하지 못한 영서의 마음도 무너져내려, 짙은 남색의 깊은 심해 속으로 고꾸라졌다. 텅 빈 집에서 혼자 아무것도 먹지 않으며 침대 속에 처박혔다. 학교에 가지 않아도 아무도 뭐라 할 사람이 없다는 그 사소한 현실이 사무치게 외로웠다. 잃고 나니 할아버지의 사랑이 새삼 느껴졌다. 영서가 언제 들어오든 늘 이곳에 앉아 기다리던 그의 어깨. 늘 따뜻하게 데워둔 밥. 언제나 가지런히 정리되어 있던 그녀의 방. 이따금 예전처럼 이야기를 들려주던 그의 음성. 그 모든 게 사랑이었다는 걸 이제야 깨달았다. 할아버지의 유품을 정리하러 그의 방을 들어갈 용기가 난 건 한참 후의 일이었다. 먼지 쌓인 종이들을 읽으면 또다시 그의 작은 흔적들조차 사라질까 질끈 눈을 감으며 상자 속에 집어넣고 있을 때 종이 한 장이 영서의 발끝에 떨어졌다.

존재의 이유를 물으신다면,
싱그러운 한여름의 이름을 말하겠소.
그 아이의 이름을 한 아름 불러보겠소.

영서는 그 글을 시작으로 홀린 듯이 할아버지가 쓴 다른 글을 모조리 읽기 시작했다. 정성스레 적은 시에는 영서에 대한 소중한 감정이 녹아 있었다. 할아버지가 자신을 얼마나 많이 사랑했는지 알 수 있는 모든 단락에서 영서는 마음이 무너졌다. 반면 읽기도 힘들게 휘갈긴 글들은 모조리 그의 꿈에 대한 안타까움뿐이었다. 오래 집필했던 책이 사라진 괴로움, 작가의 꿈을 펼칠 수 없는 시대에 태어난 불운과 그 옛날에 책을 내고 읽을 수 있었던 이들에 대한 부러움은 글이 길어지면서 점차 깊은 서러움으로 변해있었다. 차라리 이 세상에 처음부터 책이란

게 없었다면 이런 미련은 없었을 텐데. 처음부터 그 누구도 누리지 못했던 문명이었다면 좋았을 것을. 내게만 이런 한恨을 껴안고 살게 하다니.

꾹꾹 눌러진 그의 마음을 보며 영서의 시야는 끝내 흐려졌다. 영서는 할아버지의 서러운 문장들을 마지막 유언으로 받아들였다. 이 세상에 몇 남지 않은 책이라는 존재를 없애 버리며 할아버지의 한과 자신의 죄책감과 무기력함을 해결하고 싶었다. 그러면 마음이 조금이라도 편해질 줄 알았다. 그래서 소셜 북 클럽에 가서 모든 책을 없애기로 마음먹었다. 불행과도 같았던 몹쓸 능력이 한 번쯤 쓸모가 있겠다고 생각하면서. 그런데 막상 제주에 다녀와 책을 모조리 읽어버리는 동시에 글자들을 날리고 오자 생각처럼 마음이 편해지지 않았다. 오히려 서글펐다. 누군가가 깊이 사랑하고 있는 것을 파괴한다는 것은 닳아버린 감정조차 소모되는 일이었다. 텅 빈 집으로 돌아온 영서는 방문을 잠그고 다시 혼자가 되었다. 그리고 언제 끝날지 모르는 슬픔을 삼켜 댔다. 시인이 되고 싶다던 할아버지를 홀로 생각하면서.

＊＊＊

긴 이야기가 끝이 나고 영서는 고개를 떨군 채 작은 어깨를 잔뜩 떨며 말했다.

"내가 다 망친 것 같아요. 할아버지 인생도, 할머니 인생도."

영서는 터져 나오는 눈물을 참으며 작게 울기 시작했다. 핏줄이 훤히 비추는 그 투명한 살갗에 유나의 주름진 손이 겹쳤다. 그녀는 영서를 한동안 아무 말없이 다독이고는 머리칼을 쓰다듬으며 안아주었다. 작다고만 생각했던 품이 드넓게 느껴졌다.

"많이 힘들었겠구나···. 그런데 그거 아니? 작가는 사랑하는 사람이 자신의 책을 읽어줄 때 가장 행복하다는 것을. 너는 할아버지의 처음이자 마지막 독자였으니, 그걸로 충분하실 거라고 믿어."

"할아버지는 제가 원망스러울 거예요."

"사랑하는 사람을 끝까지 원망할 수 있는 사람은 없단다."

유나는 아이처럼 울먹이는 그녀의 등을 쓸어주며 따뜻한 음성으로 말했다. 그 목소리는 마치 예전 할아버지처럼 다정해서 영서는 다시 그에게 안겨있는 듯한 꿈을 꾸었다. 유나는 말을 이었다.

"누구 하나라도 소중히 생각하고 있다면 그건 사라진 게 아니야. 그러니 네 할아버지도, 책도 그 무엇도 완전히 사라진 건 아니란다."

영서는 할아버지와 자신에게 품을 내어준 사람이 가장 애틋하게 여겼던 것들을 치기 어린 마음으로 다 없애버렸다는 죄책감이 몰려왔다. 그런데도 자신을 용서하고 끝까지 지키고자 하는 이 어른의 손길에서 마음이 녹아내렸다. 사실 영서도 어느 순간부터 알고 있었다. 할아버지의 책을 하룻밤 만에 다 읽은 날, 모든 글자에 담긴 진심들에 어떤 이들은 생生을 걸 수도 있겠구나, 깨달은 순간은 한참 전에 있었다.

캄캄해진 밤을 여러 번 지새운 하늘 아래 다시 시간은 흘렀다. 세상이 아무리 변해도 밤이 지나면 빛을 머금은 해가 땅끝에 내려앉고는 했다. 유나는 더는 어두운 집에 홀로 있지 말고 자신과 지내자고 했다. 같이 밥을 해 먹고 나이를 세며 일생을 보내자고 했다. 할아버지가 염원하던 그 책을 다시 네 손으로 써내고 잃어버리지 않도록 책으로 보관해두자고 했다. 영서는 유나와 함께 제주의 별장으로 내려가 비어 버린 종이에 펜을 들었다. 그리고 자신이 사라지게 한 할아버지의 책을 밤을 새워가며 써 내렸다.

 몇 달이 꼬박 지났다. 유나가 손수 책으로 엮고 코팅 한 세상에서 가장 애틋한 책이 탄생했다. 영서는 그 책에 얽힌 사연과 소셜 북 클럽을 알리고 도와 달라는 영상을 인터넷에 올렸다. 고리타분하다고 생각했던 문명에 소녀의 사연이 겹치니 감수성을 잃었던 사람들은 다시 하나둘 관심을 두기 시작했고, 시간이 지나면 늘 그랬듯이 조용히 떠났다. 하지만 그 누구도 조급해하지 않았다. 누가 찾아오면 한 번도 누가 떠난 적 없는 것처럼 반기는 것이 그들이 할 수 있는 유일한 일이었다. 그렇게 또 시간이 그들 위로 흘렀다. 유나와 해민이 평균 수명을 훌쩍 넘겨 재로 사라져 제주의 녹색 바다 위에 흩뿌려질 때 즈음에도, 영서와 몇몇 사람들은 또 소셜 북 클럽을 찾았다.

 영서가 유나의 나이가 된 해에 예전과 비슷한 숫자의 사람들이 삼삼오오 별장에 모였다. 별장엔 그때보다 더 많은 책이 빼곡히 꽂혀 있었고 자리가 모자라 별장 옆에 따로 공간을 만들어 원하는 사람이 볼 수 있도록 전시관을 만들어 두었다. 영서는 그날도 오랜 벗들과 손상된 책을 빼질하게 코팅시키고 복원한 뒤, 읽어서 사라질까 봐 미리 손으로 다시 써 내렸다. 그리고 밤이 되자 몇 권을 챙겨 따뜻한 차와 함께 이층에 있는 자신의 방으로 올라갔다. 원래 유나가 쓰던 방이었다. 방 한쪽 진열장에는 유나와 할아버지의 유골함 그리고 그의 책이 나란히 놓여 있었다. 그들 옆에 오늘 복원한 책을 살며시 두고 눈을 감았다.

그리운 나의 사람들. 날 지켜주던 따스한 품들과 깊은 염원. 저는 당신들처럼 살아가고 있기에 살아있음을 느낍니다, 라고 속삭였다. 그리고 불을 끄고 잠들기 전에 유나의 말을 되새겼다.

누구 하나라도 지키고 있다면 그것은 사라진 게 아니야.

Chapter 3.

기꺼이 기억하겠다고

이제 좀 더 아래쪽에 있는 다음 숙소로 이동해야 했다. 대헌도 유나 언니도 없이 다시 혼자가 된 시간을 즐기다가도 한편으로 막막해진 나는 동행 카페에 서쪽 방향의 일정이 있는 사람을 구했고, 곧바로 한 여자분에게서 연락이 왔다.

제주도 사는 여자이고 서른셋이니 그쪽보다는 많아요. 애들 가르치는 초등학교 교사이고 책 좋아한다는 말이 인상 깊어서. 나도 책 좋아해요. 만나서 책이나 읽어요.

어딘지 모르게 시원시원한 말투에 이끌려 곧바로 연락했다. 그녀는 자신을 소개하면서 제주도에서 난 사람이라 운전은 평생 했으니 걱정하지 말라고 안심시켰다. 어디를 갈지 물으니 근처 책방과 현지 사람만 가는 갈치구이 맛집을 데려가 주겠다고 했다. 네 살 차이 나는 여동생만 있는 나는 어른스러운 언니의 태도가 괜스레 멋져 보였다. 혼자 여행하는 사람을 데리고 구석구석 데려가 주는 호의는 결국 용기라고 생각했다. 내가 어떤 사람인지 모를 텐데 값진 하루를 기꺼이 내어주는 것이니까. 그녀는 내가 숙소에서 짐을 싸고 있으면 데리러 가겠다고 했고 출발했다고 말한 지 삼십 분도 되지 않아 도착했다. 문 앞에 나가보니 검은 SUV 앞에 하얗고 작은 여자분이 손을 흔들고 있었다. 메신저 말투에서 풍기는 이미지와는 다른 귀여운 인상에 놀란 나는 반갑게 조수석에 탑승했다. 곧바로 그녀가 가장 아끼는 책방이라는 〈유람 위드 북스〉로 향했지만, 문이 닫혀 있었다.

"임시 휴무라네요."

제주 서쪽에서 코로나 확진자가 생겨나 가게들이 하나둘 닫고 있었다. 그곳도 그중 하나였다. 밥부터 먹고 생각해보자 한 뒤 언니가 말한 갈치 구이집으로 갔다. 거기서 우리는 본격적인 이야기를 시작했다. 그 대화가 사실 내 인생에서 손꼽는 순간이 될지 모른 채로.

책을 좋아하며 특히 소설이라는 장르를 사랑하는 점, 삶에서 인문학적 가치가 중요하다고 생각하는 것, 아이들을 보면 눈을 떼지 못하는 다정한 얼굴, 많은 부분에서 우린 비슷했다. 언니 또한 그런 내가 신기하다고 했다. 언니가 특별하게 여기는 책이나 작가 얘기를 해줄 때면, 나는 밥을 먹고 있는 건지 좋아하는 프로그램을 집중해서 보고 있는 건지 구분이 되지 않을 정도였다.

"저는 한 작가에 꽂히면 그분의 책을 다 읽어요."

내가 말하면 언니는 놓치지 않고 다시 물었다.

"작가를 정복하는 스타일이구나?"

"네, 저는 좀 특유의 감성을 가진 글을 쓰는 작가를 좋아해요. 이미 너무 많은 사람이 알아주는 사람인 것 같고, 거기에 내가 보탬이 되기 싫은 오기 같은 게 생긴 달까? 나만 아는 작가의 명작을 발굴해내고 싶은 이상한 마음이 있어요. 무슨 출판사 편집자도 아닌데 말이에요."

그녀는 미소를 지으며 가만히 고개를 끄덕였다.

"나만의 아지트 같은 작가를 만나고 싶은 거죠. 어떤

장르의 책을 좋아해요?"

"저는 사람의 감정 그 밑바닥까지 건드리는 소설들이 좋아요. 마음에 무언가 우울하고도 찝찝한 게 느껴지는데, 그 이상으로 속에서 대단한 게 일렁이는 느낌의 책들이요. 멍해져서 하루 자고 나면 사라지겠지 해도 그 여운이 일상에 스며드는, 며칠, 몇 주까지 계속 그 책에 대해 생각하게 되고, 어떤 의도로 쓴 건지 알고 싶어지는 그런 느낌을 주는 책을 만나면 이거다, 싶어져요."

"그런 쾌감 뭔지 알 것 같아요. 책과 사람 간에도 각각 색깔이 있어서 섞이면 잘 어울리는 조합이 있어요. 그러니까 그토록 좋아하는 책을 만난다는 건 일종의 행운인 거죠."

우리의 대화는 이런 식이었다. 내가 여러 사람에게 아무리 말해도 공감받지 못하던 마음속 고백들은 이미 그녀의 내면에도 존재했다. 내가 소설은 본래 어둡고 심오해야 제맛이라고 말하면 사람들은 나를 보기와 다르게 부정적인 사람 취급을 하곤 했다. 하지만 언니는 그런 소설들이 인정받는 건 이유가 있다며 자신이 좋아하는 소설 줄거리를 얘기해 줬다. 보통 그 책들은 마니아들 빼고는 잘 읽지 않는 어려운 류였는데 언니만의 언어를 거치고. 나니 생생하면서도 부드러워졌다.

그녀가 존경스러운 또 다른 점은 자신의 직업을 너무나 사랑한다는 것이었다. 내게 있어 일이란 충실히 내 역할을 해내면 그만인 것이었다. 누구나 알 만한 대기업에서 숫자를 다루는 일을 하면서 스스로 자랑스러웠지만, 나는 어딘가 목마른 갈증을 자주 느꼈다. 그저 평일에 시시각각 변하는 숫자들을 보며 일하는 시간을 지루한 경주를 이어가듯 꾸역꾸역 삼켜 흘려보냈다. 좀 더 열정을 쏟는 일을 해보고 싶다는 생각이 자주 들었다.

일은 왜 하는 걸까? 내게 일이란 무엇일까? 그저 하나의 생계 수단인가? 생계 수단이라기엔 내가 하는 금융 분야의 일은 너무나 복잡하고 어려웠다. 혹시 타인에게 내가 괜찮은 사람으로 보이고 싶어서 유지하는 때깔 좋은 포장지 같은 걸까? 그런 용도로 가끔 사용하는 것 같기도 했다. 사실 뭐 하는 분이세요, 라는 질문에는 자랑스럽게 대답할 만한 직업이니까. 하지만 아무리 생각해도 나에게 일이 그 이상인 적은 없었다. 그래서 나도 사랑하는 일을 직업으로 삼고 싶다는 열망이 있었는데, 이미 그런 행운을 가진 사람들을 보면 미치도록 부러웠다.

그리고 내가 보기에 언니는 누가 봐도 그런 사람이었다. 제주시의 한 작은 초등학교에서 4학년 전담 교사를 하는 언니의 차 트렁크는 전부 교육 서적으로 채워져 있었다. 시간이 날 때마다 밑줄 쳐가면서 책에서 조언을 얻고, 아이들에게 어떻게 하면 조금이라도 따스한 활기를 불어넣을 수 있을지를 매일 고민했다. 혹여나 작은 말로도 아이들에게 상처 줄까 봐 걱정했고, 어떤 방법으로 칭찬해야 와 닿을지를 생각했다. 그 학교 학생들 전부가 언니에겐 가족이었다.

"언니는 학생들이 그렇게 좋아요?"

글을 쓰는 내 옆에서 활짝 웃는 얼굴로 일기장에 장문의 코멘트를 가득 적고 있는 그녀에게 물었다. 언니는 순도 100%의 행복을 담은 눈빛을 하고 대답했다.

"이 친구들에게 따뜻한 기억을 하나씩 선물할 수 있다면 그것으로 감사해요."

그건 어느 정도의 마음일까? 언니 같은 선생님이 내게도 있었나, 되돌아보게 되었다. 나는 그런 언니가 언제나 대단해 보였다. 완벽한 것만 같던 그녀의 생기로 내 마음마저 여유가 차오르던 나날들. 일주일이 넘게 우린 매일같이 붙어 다녔다. 언니의 집에 놀러 가서 책이나 영화를 보기도 하고 그녀의 강아지와 산책하러 가기도 했다. 참 좋은 사람을 알게 되었다는 벅찬 마음으로 보내던 어느 하루 중에 사건은 터졌다.

그날은 언니네 집에서 와인을 한 병씩 마셔서 취한 김에 즉흥적으로 자고 가기로 한 날이었다. 어느새 밝던 언니의 얼굴에 그늘이 드리워진 것을 눈치채지 못한 채 나는 그저 신나 있었다. 열심히 강아지를 쓰다듬으며 재잘재잘 떠들다 익숙한 그녀의 응답을 기다렸지만, 곧 그녀가 대답하지 않고 있다는 것을 깨달았다. 우리 사이에 없던 침묵이 흘렀고 곧 언니가 입을 열었다.

"애들이 나 같은 삶을 살까 봐 걱정돼."

언니의 앳된 얼굴에는 짐짓 서글픈 표정이 서려 있었다. 처음 듣는 그녀의 어두운 문장에 놀란 나는 그 기색을 숨기고 반문했다.

"어떤 삶이 언니의 삶 그 이상일까?"

"모든 생生이 나보단 나아. 나는 실패작이야. 책 중에서도 어딘가 잘못 찍힌 불량품 같은 거지."

왜 그렇게 생각해? 나는 언니가 부러운데? 라는 질문을 바로 해 버리려다가 입을 닫았다. 지난 글에 썼던 구절이자 자주 실천하지는 못했지만 내가 가지고 싶은 철학이 떠올랐기 때문에.

사람을 표현할 때 한두 개의 형용사는 너무 비좁다. 그 사람 안에는 수백 겹의 층이 있어 고작 몇 가지 단면을 보았다고 감히 전체를 단정하긴 이르다. 누군가를 겨우 일부 대면했다고 당신은 어떤 사람이라고 규정짓는 일은 오만이지 않을까?

나에게 그녀는 작은 손으로 열심히 아이들 일기장 맞춤법을 고쳐주는 애정 어린 선생님이자 혼자 온 여행객을 거둬준 구원자였다. 하지만 그것으로 그녀라는 세상을 판단하기엔 너무나 광활하고 깊을 테지, 그런 생각을 하며 그저 어깨를 다독이자 언니는 조그맣게 울기 시작했다.

"이 조그만 섬에서 한 번도 나간 적이 없어. 나에겐 여기가 전부인 거야."

생각해보니 그녀가 서울에 놀러 갔다거나 해외를 여행했다는 이야기를 한 번도 들은 적이 없었다. 그렇게 많은 대화를 했음에도 대부분은 나의 이야기였고 언니는 그저 고개를 끄덕이는 편이었다는 것을 그제야 깨달았다. 그녀는 자신이 비행기나 배를 탈 수 없는 사람이라고 했다. 계속해서 여기가 세상의 전부라고 중얼거렸지만, 나는 아무것도 물을 수가 없었다. 강제로 꺼내는 상처는 너무 아플 것만 같았기에.

나에게 제주는 일상으로부터의 해방이었지만, 언니에 겐 일평생 나갈 수 없는 감옥이었다. 그래서 나 같은 여 행객들이 오면 밥도 먹이고 술도 사주며 자신이 살 수도 있었던 인생에 대해 잠자코 듣고는 했다. 하지만 한편으 로는 상처를 다시 마주할 자신이 없는 자신에 대한 원망 이 깊어져 힘이 든다고 했다. 그 말을 들은 나는 용기 내 어 한마디 건넸다.

"내가 옆에 있어 주면서 도와주고 싶은데, 같이 타보 는 건 너무 어려울까?"

"나는 피하는 법 밖에 몰라. 부딪히는 건 너무 아프고 힘들어."

그날 더 많은 대화를 했지만, 감히 내가 위로할 수 있 는 말은 많지 않았다. 시간 날 때마다 전 세계 이곳저곳 을 누볐던 나는 상상하지 못했던 삶이기에 그저 앞뒤 없 는 말을 듣고만 있었다.

"이런 나를 좋아해 주는 사람은 없어. 다 처음엔 돕겠 다고 하다가도 이 기억으로만 사는 나를 답답해하고 떠

나. 이제 난 그게 더 무서워."

"그렇지 않아…."

이 말에도 난 어떤 대답도 조심스러워 말을 아꼈다. 왜 나는 언니를 떠나지 않겠다는 아주 단호하고 강력한 말을 해주지 못했을까. 언니는 그런 상처가 있음에도 너무나 빛나고 찬란한 사람이라는 것을 왜 더 말해주지 못했을까.

다음 날, 나는 숙취가 있다는 언니를 뒤로하고 택시를 타서 숙소로 돌아왔다. 한숨 자고 일어난 뒤 그녀에게 전화를 걸었지만 받지 않았다. 그 이후로 언니는 단 한 번도 나의 연락을 받지도 하지도 않았다. 곧 나는 제주도로 자주 보러 올 테니 그때만이라도 만나 달라고 매달리고 싶은 절박한 심정이 되어, 장문의 문자를 몇 번이고 썼다 지웠다. 하지만 결국 그녀의 선택을 존중하기로 했다. 가장 감추고 싶은 치부를 알게 된 사람이 불편해지는 정도는 사람마다 다를 수 있으니까. 언젠가 그녀가 이 글을 볼 수 있는 기적 같은 기회가 온다면 말해주고 싶다.

언니와 보낸 그 며칠이 이 여행에서 가장 벅찬 나날

들이었어요. 그 시절 나눈 모든 대화를 잊지 못할 것만 같아요. 그러니 기꺼이 기억해줘요. 기꺼이 기억할게요.

허전한 마음을 추스르고는 언니와 어울리느라 참석하지 않았던 〈게으른 날 게스트하우스〉 저녁 식사 자리에 갔다. 사장님이 셰프 출신이라 입이 벌어지는 한 상이 금세 차려졌다. 자리에 앉은 사람들은 제주산 막걸리를 나눠 마시며 살갑게 인사했다. 나만 혼자였고 다들 둘, 셋씩 함께 여행 온 분들이었다. 〈아무렴 제주〉랑은 딴판인 분위기로 어딘가 모르게 가볍고 겉도는 이야기만 하는데 또 한편으로는 그런 마음 편한 분위기도 좋았다. 반도체 무역회사 사원들부터 국회 공무원까지 다양한 직업의 사람들이 어울렸다. 그곳의 사장님은 부산 출신이었는데 우람한 용모와 어울리지 않게 알코올 농도 3%짜리 소주를 홀짝홀짝 마시는 모습에서 부조화스러운 귀여움이 있었다. 옆자리에는 나보다 두 살 어린 여자 동생이 앉았는데 그녀도 부산에서 왔다고 했다. 사투리가 섞인 애교스러운 말투가 귀여워 자꾸 쳐다보다 그녀와 눈이 마주쳤다.

"언니, 난 언니 같은 서울 여자들이 너무 부러워요~ 차분하고 너무 예뻐요~"

그 비음 섞인 귀여운 사투리를 글로 어떻게 표현해야 할지 모르겠다만, 친화력이 대단히 좋은 친구였다. 부산에서 은행원을 하고 있다는데 영업 실력이 엄청나다는 생각이 들 만큼 나에게 끊임없는 칭찬 세례를 퍼부었다. 결국, 서울에 올라오면 재워주고 놀아주겠다는 약속까지 해버렸다. 전라도 광주에서 온 무역회사 남자분들과 부산 동생들 무리는 서로의 사투리를 굉장히 이상하게 생각했다. 내가 두 쪽 모두에게 글 쓸 때 도움이 될 사투리를 알려 달라고 하자, 서로 먼저 알려주겠다고 야단법석이었다.

"오빠들. 경상도는 마! 쫌! 이거 두 개면 다 된다. 이만큼 간편한 말도 없다."

"전라도가 최고지. 개 내지 마라."

"개 내다가 뭐야?"

"허세 부리지 말라는 말이다."

그날 내 핸드폰 메모장엔 알지 못했던 사투리가 가득 채워졌다.

아침에 일어나자 글쓰기 모임을 통해 알게 된 친구가

제주도에서 머무르고 있냐고 묻는 연락을 받았다. 나는 개개인의 글을 자유롭게 엮어 소장용 책으로 만들어주는 버키터스 bucketus 라는 글쓰기 모임을 운영하고 있고 바로 그곳에서 알게 된 친구였다. SNS에서 소식을 들은 듯했는데 제주에 와있다고 하자, 자신은 이제 떠나는데 공항 가는 길에 얼굴이라도 보고 가겠다고 했다. 흔쾌히 오케이하고 나갔는데 반가운 얼굴이 서 있었다.

"소은 님, 얼굴이 좋아 보입니다? 제주 체질인가 봐요."

"저야 일 안 하고 놀고먹으며 글 쓰는 일이 제일 즐겁죠."

"이번엔 어떤 글을 쓰세요?"

"이 글을 뭐라고 설명해야 할지 모르겠어요. 에세이 픽션? 읽어본 적 없는 장르인데, 쓰는 게 재미있는 걸 보니 저는 만족하나 봅니다."

글 이야기를 한참 하다가 그가 갈 시간이 되어 문 앞에서 작별 인사를 하려는데, 우리를 엿보고 있던 숙소 사람들이 창문을 열고 소리를 질러댔다.

"우우, 뭐야, 소은이 남자 있는 여자였어? 배신이야!"

창문을 쳐다보니 숙소에 있는 모든 사람과 사장님까지 해맑게 손을 흔들고 있었다. 친구가 버스 정류장까지 데려다준다기에 짐을 싸서 나올 그때까지도 놀림은 멈추질 않았다. 지금 생각해도 티 없이 밝고 유쾌한 사람들이다. 다들 전라도든 경상도든 그 어디에서도 잘 지내길. 알려준 말들은 고이 간직해 좋은 글에 소중하게 쓰겠습니다.

주파수를
찾습니다

지하철에서, 공원에서, 카페에서 주파수를 묻습니다. 친구를 사귈 때도, 이성을 만날 때도 주파수만이 유일한 기준이 됩니다. 맞는 사람만 골라 만나세요. 나에게 상처를 주지 않는 사람만을 선택하세요. 목마른 사랑이나 일방적인 실연이 당신의 인생에서 사라집니다. 상처받지 않는 세상을 꿈꾸기에. 우리를 위한, 그리고 나를 위한 〈주파수〉.

"주파수가 몇이세요?"

"AM 97.3이요."

회사 면접에서도, 상견례에서도 흔히 들을 수 있는 대화다. 이제는 사적인 만남 이외에도 주파수가 모든 곳에서 활용되고 있다. 더는 심층 면접이나 깊은 대화로 사람을 판단할 필요가 없어졌다. 그저 원하는 인물상을 수치로 정해서 그 기준으로 판단하면 된다. 내가 개발한 주파수는 세상의 새로운 잣대가 되었다.

주파수를 활용하는 방법은 간단하다. 먼저 우리 회사에서 제공하는 각종 테스트를 치른 뒤 진단을 받는다. 통보받은 주파수대로 각자 주파수 사이트에 AM, FM과 숫자로 프로필을 등록한다. AM은 감성형 인간, FM은 이성형 인간이다. 1부터 100까지 숫자는 엄격히 성격과 취향, 방향이나 가치관까지 분석해 도출된 숫자다. 소수점까지 있어 같은 숫자를 찾긴 여간 어려운 일이 아니다. 그래서 60부터 70까지 레인지를 찾아요, 라는 합리적인 합의점도 있다. 다른 앱처럼 사진을 올릴 필요도, 직업이나 신상을 알릴 필요도 없다. 그저 잘 맞는 사람을 만나고자 하는 사람들이 모여 서로 주파수로만 소통한 뒤 실제 만남을 가진다. 친구나 연인이 되기 위한 만남일 수도 있고 채용 제안일 수도 있다. 그러면 자신과 꼭 맞는 레인지 안 사람만 만날 수 있다. 이미 태어날 때부터 꼭 맞춰져 있어 맞춰갈 필요가 없다. 영혼의 짝을 쉽게 만난다. 그게 바로 내가 만든 사람 만나는 법이다. 운명론자들은 나를 비난했다. 사람을 심리 테스트나 성격검사로 인연을 결정해두는 것 자체가 말이 되지 않으며 감성이 결여된 세상을 초래한다고 했다. 하지만 뭐 어때? 쓸데없는 인연으로 인한 시간과 감정 낭비를 막을 수가 있는데.

주파수가 본격적으로 뜬 이후 난 하루도 제대로 잠을 잔 적이 없었다. 정말 정신 못 차리게 바빴다. 그게 내가 원하던 바였지만, 늘 두통을 달고 살았다. 사람 관련 사업을 하면서도 아무도 사적으로 만날 수 없었다. 본래 싫은 소리는 못 하던 소심했던 성격은 점점 괴팍해졌다. 자주 뭘 집어던졌고 소리를 질러댔다.

"대표님이 제 인생을 바꿨어요."

오늘 간 강연에서 어떤 나이가 있어 보이는 여자가 내게 말했다. 내향적이고 눈치 없는 성격 탓에 늘 관계에 있어 상처만 받아왔다고 했다. 친구도 없고 연인은 만나는 사람마다 습관처럼 배신했다고 했다. 직업은 사회생활의 어려움으로 포기하고 그만두기 일쑤였다. 하지만 주파수가 세상에 적용되고 나서부터 자신과 완전히 비슷한 사람들만 만날 수 있게 되었고 비슷한 집단에서만 속할 수 있었다. 그래서 그 사람들과 서로 위로받고, 내년엔 그중 한 사람과 결혼도 하기로 했다고 했다.

"우와. 정말 잘됐네요. 앞으로 주파수로 쭉 행복하시길 바랄게요."

가식적인 소리를 감정 없는 톤으로 했는데 그 여자는 감격했다는 듯이 울먹였다. 난 짐짓 흐뭇한 미소를 지어 보이고 강연장을 빠져나와 회사로 돌아왔다. 처리해야 할 일이 한두 개가 아니었다. 제발 이 딱 붙는 스커트랑 셔츠 좀 벗어 던지고 싶다. 단 하루라도.

"대표님, 누가 찾아오셨는데요."

머리가 지끈해 눈을 감고 있는데 비서인 주연 씨가 문을 두드렸다.

"누군데?"

"모르겠어요. 남자분인데 이현영 대표님 만나고 싶다고만 하세요."

"이상한 사람은 알아서 거르라고 했잖아."

"죄송합니다. 꼭 만나야 한다고 부탁하셨는데 돌려보낼까요?"

"아냐, 간다고 전해."

미간을 찌푸리다 립스틱을 꺼내 발랐다. 투자자들이 초기 투자금 회수에 대해서 연락 없이 불쑥 찾아오곤 했다. 주파수가 이렇게 세상을 지배해버린 이후로 그들은 본인 투자금을 과도하게 불려서 회수하려고 안달이었다. 다음 스케줄들을 상기하며 회의실로 향한 나는 아무 생각 없이 문을 연 순간 놀라 들고 있던 태블릿을 놓쳐 버렸다.

"오랜만이네."

내가 주파수를 시작한 이유가 창백한 얼굴로 서 있었다.

"네가 여길 왜 와. 미쳤어?"

"전화해도 통 안 받아서. 잘 지냈어?"

김준하였다. 〈모두의 상처 없는 만남을 위한 주파수〉라는 브랜딩 메시지는 사실 내 본심이 아니었다. 그때만 해도 주파수는 오직 나를 위한 것이었다.

한 사람이 전부였던 시절이 내겐 길었다. 대학교 1학년 때 처음 만난 우린 첫눈에 사랑에 빠졌다. 늘 눈부시던 그는 그 시간 동안 아픔이 많은 사람이 되었다. 그가 군대에 간 시간 동안 부모님이 불의의 사고로 동시에 돌아가셨다. 그때 그를 지킨 것도 나였고, 그 이후 그를 지탱한 것도 나였다. 그는 늘 나에게 한없이 고맙다며 그

빈자리를 내가 대신한다고 했다. 그에게도 내가 전부일 수밖에 없다는 마음이 날 지배했다. 그렇게 십 년이 지났다. 중간중간 싸우고 잠깐 헤어진 적도 있었지만, 그때도 우리가 평생 못 보고 살게 될 거란 생각은 들지 않았다. 상투적인 표현을 빌리자면 애초에 정해진 반쪽 같았다. 의지하던 기억은 곧 의존으로 변했고 시간이 지날수록 그 사람은 그런 내가 점점 부담스럽다고 했다. 만나면서 사랑에 가려져 몰랐던 서로 다른 부분도 많이 발견했다. 극복하기 힘든 부분도 있었지만, 감히 헤어질 수는 없었다. 서로를 잃으면 서로의 20대를 통째로 잃는 것과 다름 없었다. 결혼을 약속하고 난 후로는 주말마다 손을 붙잡고 미래를 계획하고는 했다. 그 와중에 대학원 졸업반이었던 나는 전공을 살려 애플리케이션 개발을 건드려보고 있었다. 예전부터 단순히 소개팅 주선 앱을 개발하겠다는 막연한 생각이 있었기에 이미 포화상태인 그 시장에서 수많은 다른 앱과의 차별점을 떠올려야 했다. 하지만 일생 동안 한 명밖에 만나지 못한 나는 딱히 특별한 아이디어가 없었다. 그러다 어느 날 사소한 거짓말을 시작으로 모든 건 무너져 내리기 시작했다.

"너 왜 어제 동생 만난다고 거짓말했어? 민수는 너 만난 적 없다는데?"

그 말을 할 때도 난 그를 믿고 있었다. 그즈음에 다니던 회사가 너무 바빠졌다며 힘들어하던 그였다. 내 잔소리가 싫어서 대충 둘러대고 집에서 누워서 게으르게 TV만 보거나 세상과 단절되어 내내 잤을 게 뻔했다. 하지만 그의 목소리는 떨렸고 두 눈은 흔들렸다. 그때 느꼈다. 정말 내가 모르는 무슨 일이 있구나. 몇 번 앞뒤가 맞지 않는 말들에 대해 캐물으니 그는 토로했다. 사실 다른 여자를 만났다고. 아직 시작 단계라고. 그녀는 마치 자신과 모든 게 다 일치하는 쌍둥이 같다고 했다. 같은 노래를 좋아하고 같은 취미를 가지고 있으며 생각하는 방식 또한 동일하다고 했다. 순간, 생을 바쳐 언덕을 오르던 사람과 정상에 올라가기 직전에 추락하는 느낌이 들었다. 그건 내 무한한 믿음과 사랑에 끝도 없는 배신이었다.

"사실 우린 좀 많이 달랐잖아. 너도, 나도… 헤어지기 무서우니 여태까지 끌고 온 거 같아."

준하는 내게 곧바로 헤어지자고 했다. 나는 울고불고 매달렸다. 자존심이고 뭐고 없었다. 그와 남이 되는 것은 절대 상상할 수 없는 일이었다. 나에게 그는 나의 팔다리처럼 한 부분이었고 다른 각도로 보면 바로 나 자신이었다. 그가 내 삶에서 떨어져 나가는 건 내 자아가 억지로 뜯기는 일이었다. 하지만 울먹이며 붙잡는 내게 그는 언제나 단호했고 정말 미안하다는 말뿐이었다. 그렇게 난 첫 이별을 혹독하게 겪었다.

한번 배신당한 적이 있는 사람에겐 단 하나의 의심도 없이 누군가를 믿는 일은 굉장히 힘든 일이 된다. 그 이후로 누구를 만나도 믿을 수 없었고 그저 시간을 흘려보냈다. 반년 정도 집에서 폭식증과 거식증의 굴레에 빠져 움직이지 않은 채 집 밖으로 나가지 않았다. 다시 누군가를 사랑할 수 있을까? 자신과 같다던 여자와 사랑에 빠져 행복한 나날들을 보낼 준하를 떠올리면 확 죽고 싶어졌다. 그러다 죽이고 싶어졌다. 내 생을 이렇게 구렁텅이에 몰아넣고는 감히 행복해? 내가 너한테 어떻게 했는데. 부모도 없는 병신 새끼를 거둬줬더니….

별의별 생각이 날 사로잡았다. 미움이었다가 그리움이었다가 증오였다가 슬픔이 되었다. 그러다 생각했다. 앞으로 상처를 줄 여지가 없는 사람만 만날 수 있다면 얼마나 좋을까? 나와 꼭 맞는 사람만 만날 수 있다면 어떨까? 그것은 황무지였던 내게 아이디어가 되었다. 그 시절 나에겐 상처를 받지 않고 살아갈 완벽한 방법이 필요했고 그 방법을 내 손으로 만들어야 했다. 그래야 내가 숨을 쉬고 세상에 존재할 수 있었다. 준하를 잊으려 노력하며 애써 바쁜 척 살았다. 세 시간 이상 잠을 잔 적이 없었다. 완벽하게 주파수 측정하는 방법을 개발해내고, 사무실을 얻고, 투자를 받으러 발로 뛰고, 직원을 고용하고, 수많은 테스트를 해보던 모든 시간. 나는 내 주파수가 모든 사람이 상처받지 않기 위한 사업이라고 말버릇처럼 말하고 다녔지만, 사실 아니었다. 그 누구도 아닌 나를 위한 것이었다. 나도 나와 맞는 사람을 만나 그보다 훨씬 행복하게 살면 될 일이었다. 일종의 복수심도 있었다. 김준하랑 그 여자가 정말 잘 맞는 사람인지 확인해보라고 던져주고 싶었다. 차마 설명할 수 없는 복잡한 감정이었다. 그렇게 그를 원망하며 지낸 지 삼 년이 지났다. 그런데 준하가 찾아온 것이다.

"소식 계속 보고 있었어. 하고 싶은 일 하면서 사는 거 정말 멋지더라."

"나가."

말은 냉정했지만, 목소리가 떨리는 건 막을 수가 없었다.

"현영아. 나 정리했어. 정리한 지 사실 오래됐지. 착각이었어. 하나도 맞지 않는 사람이었는데, 내가 또 연애가 너랑 한 게 전부였잖아. 그냥 환상 같은 거였어. 다른 사람도 한번 만나보고 싶은 그런 거. 너랑 그냥 그렇게 결혼하는 게 맞나 그런 생각이었어. 정말 미안해."

"그딴 소리 하려고 여기까지 온 거야?"

"아직도 화났구나…. 미안하다는 말밖에는 할 말이 없는데, 그래도 정말 보고 싶었어. 믿어줘."

준하의 말투는 애처로웠으나 눈빛은 당당했다. 양심이나 염치가 있는 건지 의심스러웠다. 저런 말들로 지난 내 상처나 어긋난 신뢰 같은 걸 돌릴 수 있는 것으로 생각하는 걸까? 그만큼 내가 만만한 것일 테지.

"다신 찾아오지 마. 또 오면 신고한다."

"너 많이 변했구나."

"변하게 한 게 누군데."

회의실 문을 있는 힘껏 세게 닫고 난 다시 대표실로 향했다. 시야는 흐려졌고 두 다리는 흔들렸다. 어떻게 도착해서는 쿵쾅대는 심장을 진정하려 애썼다. 하지만 알고 있었다. 그와는 절대 예전처럼 돌아갈 수가 없다는 것을. 나를 지키는 법은 지독하게 냉정해지는 것뿐이라는 것을. 나는 준하의 주파수를 알고 있었다. 어느 날 그가 주파수에 가입해서 측정을 받았기 때문이었다. 그는 FM 13.9였고 나는 AM 63.1이었다. 일단 이성형인 FM과 감성형인 AM은 극단적 양극이라 만나면 불행하다. 그렇지만 우린 그걸 무시하고 오랜 기간을 함께 했었지. 그저 이별은 맞지 않는 사람과 너무 오래 만난 대가라고 생각하기로 했다. 이젠 내 곁에 나 같은 사람들로 가득 채울 것이다. 그럼 지난 상처를 완전히 잊을 수 있을 거라고 믿으면서.

그렇게 며칠이 흘렀다. 다시 바쁜 일정의 연속이었다. 차를 타고 잡지 인터뷰를 하러 가던 중이었다. 기자가 보낸 인터뷰에 쓸 내 사진을 검토하고 있는 와중에 메시지를 하나 받았다.

-저도 AM 63.1인데. 여자분 중에 동일한 주파수는 처음 봐요. 반가워요.

테스트하던 시절에 회원으로 가입해서 내 프로필을 올려 두었었는데, 그걸 보고 보낸 사람이었다. 그 사람의 프로필에 들어가 보니 정말 AM 63.1이었다. 잠깐 호기심이 들긴 했지만, 일단 요즘 눈코 뜰 새 없이 바빴고 내가 주파수 대표인 걸 알면 웃음을 살 수도 있었다. 그러나 주파수가 같은 남자는 나도 처음 보는지라 어떻게 답장할지 고민하던 중에 메시지가 하나 더 도착했다.

-좋아하는 가수는 이소라. 작가는 페터 한트케. 음식은 고등어 초밥.

이어서 하나가 더 도착했다.

-감정이입을 잘해 정이 많은 편. 무심해 보이지만 사실 소심한 편. 강한 척하지만 사실 미움 받는 일을 힘겨워하는 편. 맞죠?

내 취향이나 성격과 정확히 일치했다. 주파수, 내가 만들었지만 참 정교하단 생각이 들 정도였다.

-얼추 맞네요. 근데 만날 생각은 없어요.
-왜죠?

-너무 바빠서요.

-괜찮아요. 내가 시간이 많거든요.

이건 무슨 논리람. 어이없어 절로 웃음이 났다.

"대표님 좋은 일 있으세요? 그렇게 웃으시는 거 오랜만에 봐요."

"아니야."

기사가 말을 걸어 나는 표정을 원래대로 바로 했다. 또다시 핸드폰이 울렸다.

-오늘은 몇 시에 끝나요? 삼십 분만 투자해 줘요. 고등어 초밥 사 줄게요.

-그런 건 제가 사 먹으면 되는데요.

-음 그럼 이소라 한정판 앨범으로 꼬셔야 되려나?

-소심한 거 맞아요? 능구렁이 같은데.

-떨리는 마음 애써 감추는 중.

어김없이 웃음이 터졌다. 이 남자 뭐야. 열한 시쯤 집에 도착한다 했더니 근처 이자카야에서 사케 한잔하자고 했다. AM 63이니 술을 좋아할 게 뻔하다면서. 맞는 말이라 반박할 여지는 없었다.

늘 그랬듯이 하루의 끝은 내게 달려왔다. 내가 달린
건지 시간이 내 위로 지난 건지 모를 만큼 빽빽한 스케줄
을 소화하느라 녹초가 되었다. 온종일 켜져 있던 양초같
이 흐물흐물했다. 그때 주파수 앱에서 알림이 왔다.

30분 뒤 약속 시간! 주파수는 매너 있는 만남을 지향합
니다.

너무 피곤해서 취소할까 했지만 30분 전이면 이미 와
있을 수도 있다는 생각에 선술집으로 향했다. 문을 열고
두리번거리자 혼자 앉아있는 남자가 눈에 띄었다. 그저
평범한 사람으로 보였다. 눈에 잘 띄지 않고 조용할 것
같아 보이는 사람. 무난한 흰 셔츠에 회색 슬랙스, 이마
를 단정히 덮은 머리칼.
　나와 눈을 마주친 그의 가늘고 깊은 눈은 놀란 듯했다.
　"어, 어! 주파수 대표!"
　너무 크게 얘기해 주변이 웅성댔다. 급격히 피로해진
나는 대충 외투를 의자에 걸쳐 놓고는 그의 옆자리에 앉

왔다.

"대표는 이런 거 하면 안 돼요?"

그는 놀란 눈빛을 거두곤 미소를 지었다.

"되죠. 사람인데."

그다음엔 어떻게 흘러갔는지 모르겠다. 나보다 두 살 많은 주환이라는 그 남자와 보낸 시간은 마치 NG 없는 원테이크 씬 같았다. 자연스럽게 둘이 같은 안주와 술을 고르고 비슷한 대화 주제를 쌓아갔다. 주파수를 시작하고 유일하게 일 이야기를 하지 않았다. 대신 나의 취향이나 평소 가진 생각을 여과 없이 말했다. 그가 그렇게 유도하지도 않았는데도 우린 같은 사람이기에 어쩔 수 없다는 듯 대화는 깊어졌다.

"우와… 진짜 어떻게 이렇게 똑같지?"

"뭐가?"

술과 대화가 우리 사이를 충분히 흐르자 우린 막역한 친구가 되어 있었다. 지난 삼 년간 괴팍해진 내 성격은 어느새 예전처럼 유하고 웃음 많던 여자로 돌아왔다. 게다가 술을 많이 마셔 혀까지 짧아졌다.

"주환 씨랑 나 똑같잖아! 성격이랑 말투도."

"주파수가 같으니까 그런 거겠지?"

그는 흘러내린 내 옆머리를 귀 뒤로 꽂아주었다. 오랜만에 받는 따뜻한 눈빛이었다.

"그 새끼도 이런 느낌이었겠지?"

"…응?"

말을 하다 보니 너무 신나 과하게 마신 게 화근이었던 걸까? 갑자기 나는 가족에게도, 그 아무에게도 하지 않은 이야기를 욕까지 섞어가며 하기 시작했다.

"내가 주파수를 미친놈 하나 때문에 만들었거든. 걔가 자기랑 진짜 똑 닮은 여자애를 만났다고 날 배신했다? 참나, 못생긴 게."

내가 더한 말도 뱉은 것 같은데 그는 그저 같은 눈빛으로 날 바라봐 주었다. 그건 나에게 무엇이든 말해도 괜찮을 것만 같은 안도감을 주었다.

"근데 주환 씨랑 얘기하다 보니 무슨 느낌이었는지 알 것 같아. 나랑은 다 반대라고 너무 다르다고 그랬어. 걔도 참 힘들었겠다, 이런 잘 맞는 사람이 존재하는 걸 알고 나서부터."

"그랬구나."

"그 이후로 난 사람을 못 믿어. 나한테 잘해주면 잘해줄수록 뒤통수 언제 칠까? 이 생각만 들어. 어떡하지? 나 행복하게 잘 살고 싶은데."

"그래서 주파수를 개발한 거야?"

"아무한테도 말은 못 했지만, 솔직히 맞아. 주파수로 사람을 만나면 나와 비슷하니까 서로 행복하기만 할 수 있겠지? 그런데 말이야. 그 사람에게도 배신당하면 정말 살 수 없을 것 같아. 너무 무서워. 그래서 아직 시도 못 하는 중."

나는 미친 사람처럼 술잔을 연거푸 들이켰다.

"그니까 너무 가까워지지 말자! 여기까지가 딱 좋아. 여기까지."

나는 손으로 그와 나의 사이에 선을 쭉 그었다. 그는 그런 나를 보면서 살짝 웃었다. 삼십 대 중반에 접어든 한 회사의 대표인 나는 그저 어린아이가 되었다. 나의 과거로 향한 우리의 대화는 일방적인 나의 이야기를 주환이 듣는 것으로 유지되었다. 상처는 꺼내 보이는 것만으로도 치유가 되곤 했다. 마음껏 곪도록 꼭꼭 숨겨왔던 비밀과 같았던 나의 상처. 누군가를 미워하면서도 그럴 수밖에 없던 이유를 결국 나에게 찾는 아이러니. 그것은 누가 이렇게 들어주는 것만으로도 위로가 되었다. 잔뜩 취해 앞뒤가 맞지 않는 말을 반복하다 나는 그의 품에 고꾸라졌다.

눈을 뜨니 호텔 방이었다. 화들짝 놀랐지만, 티 내지 않고 주위를 감지해보니 난 그의 팔을 베개 삼아 누워 있었다. 누군가가 나를 보고 이렇게 말했었는데. 대표님은 이런 앱을 만들 정도면 남자를 얼마나 만나 보신 거예요? 부러워요. 부럽긴 개뿔. 김준하 한 명밖에 경험이 없다. 하지만 나의 이미지를 지키기 위해 나는 최대한 자연스럽게 눈을 뜨고는 이불 안을 확인했다. 오, 다행히 모든 옷이 갑옷처럼 잘 입혀져 있다.

"일어났어?"

내가 이불속을 몰래 참관할 동안 주환은 그런 나를 귀엽다는 듯이 바라보고 있었다. 그런 표정에 난 당장 방을 뛰쳐나가고 싶을 만큼 어색해졌다.

"집에 데려다주려 했는데 죽어도 집 주소는 말 안 한다고 해서."

"아, 그랬어?"

창피해서 붉어진 내 두 볼을 보더니 주환은 침대 위에 바르게 앉았다. 나의 손을 꼭 붙잡고는 한참 말이 없었다. 뭔가 생각하고 있는 듯했다. 지난밤 내가 고약한 술버릇을 부리진 않았나 생각했지만, 모든 기억이 선명하진 않았다.

"현영아. 나 할 말이 있어. 정말 싫어할 수도 있는 이야기야.

"뭔데?"

그의 두 눈은 흔들리고 있었다. 정말 힘든 결정을 내리고 있는 듯 보였다.

"사실 나 고용된 사람이야."

"뭐?"

처음엔 무슨 소리를 하나 했다. 다른 기업에서 주파수에 대항하는 프로그램을 개발 중인데, 우리의 측정법이나 노하우가 있어야 훨씬 빠른 진전이 기대된다고 했다. 거기선 내가 AM 63.1인 것을 알아냈고 적합한 사람을 보내 직접 나에게 접근했다는 무슨 첩보 영화에나 나올 것 같은 이야기였다. 그리고 주환이 바로 그 프로젝트팀의 팀장이었다.

"그럼 이걸 왜 얘기해?"

"네가 아무도 못 믿게 되었다고 했잖아. 나까지 목적이 있어서 접근한 걸 알면 또 그런 기분 느끼게 될까 봐."

"그게 무슨 상관인데."

어제 이 연기파 첩자에게 쓸데없이 다 토로한 이야기

들이 생각나면서 난 참을 수 없이 화가 났다. 의도적으로 접근한 사람에게 내 속 깊은 말까지 털어놓다니. 난 관계에 있어 아무래도 저주받은 것 같았다. 남들은 평범하게 잘 어울려 사는데 왜 나만? 이라는 분노 어린 의문이 마음을 가득 채웠다.

"나도 비슷한 경험이 있어. 부모에게 배신당하고 버려진 경험. 나는 그때부터 아무도 못 믿어."

가방을 챙겨 나가려던 나를 그 말이 붙잡았다.

"터미널 앞에서 나한테 사탕 하나 쥐여주고 그거 다 먹으면 돌아온다고 약속했어. 얼굴도 분명히 기억 나. 많이 웃고 있었어. 근데 사탕을 다 먹고 또 먹어도 돌아오지 않는 거야. 네가 어제 말한 배신에 대해서 나도 알고 있어."

그는 깊어진 눈으로 말을 이었다.

"회사에서는 네 주파수를 보고는 엄청 차갑고 도도한 여자일 거라고 했는데, 나는 미리 믿기보다는 만나보고 싶다고 생각했지."

"근데?"

"넌 여리고 정도 많아. 깊게 사랑할 줄 아는 멋진 여자야."

나는 갑자기 눈물이 났다. 지난 시간들이 생각났다. 감정의 폭이 기쁨보단 슬픔 쪽에 오래 머무르던 시간들. 들키면 못난 건 내가 될 것만 같던 자책. 타인이 아닌 나에 대한 의심들. 그럼에도 불구하고 언젠간 마음껏 사랑하고 사랑받고 싶은 욕심. 그런 것들이 내 위로 덮쳤다. 그는 그런 내게 다가와 아무 말 없이 안아주었다. 평범했던 품은 또 커다란 밤하늘이 되어 나를 포용했다. 사람은 결국 사람에게 상처받지만, 기적처럼 사람에게 치유받는 것일까.

"그런데 고백할 게 하나 더 있어."

"뭔데? 이제 무서우려고 그래."

"나는 AM 63.1이 아니야. FM 38이야."

"뭐? 그렇게 잘 맞았는데? 다 연기였어?"

어제부터 주환과 나눈 대화를 상기해보았다. 단 하나의 오차가 없이 모든 퍼즐이 맞아떨어졌었던 기억뿐이었다.

"어떻게 내가 그런 모든 걸 꾸며내겠어. 현영아. 네가 너 스스로를 단순한 숫자로 정의할 수 있을까? 너도 그렇고 나도 그렇고 우린 자신도 알 수 없는 엄청난 세계를 지닌 사람들이야. 이제 발견해 나갈 세상이 더 크지. 넌 그냥 AM 63.1이라고 스스로를 가두고 그에 벗어난 잠재력은 거부하고 있는 건 아냐? 내가 무슨 주파수든 너는 AM 63.1로 믿었으니, 의심을 내려놓고 나를 들여다 봐주며 맞춰간 거라고 난 믿어. 그렇게 서로 믿고 더 큰 세계를 발견해주는 것. 그게 사람 간의 진실한 관계가 아닐까."

감성에 젖은 운명론자들이 자주 하던 말이었지만, 그의 말은 왠지 모르게 좀 더 울림이 있었다.

"내가 주파수를 거부하길 바라는 거야? 주환 씨도 이쪽 일 한다며."

"맞아. 이 프로젝트 팀장을 맡으면서 사람을 분석하는 법부터 그 관계의 정의까지 오랜 시간 깊게 생각했어. 그래서 이 결론을 얻은 거야."

"내가 주환 씨를 어떻게 믿어? 경쟁사 팀장이면 괜한 소리 할 수 있는 거잖아. 우린 고작 하루 대화해 본 사이라고."

주환은 나를 그저 깊게 응시할 뿐이었다. 그러다 입을 뗐다.

"나는 이 일 이제 안 하려고. 좀 더 가치가 있는 일을 하고 싶어. 믿고 싶지 않으면 믿지 않아도 돼. 그렇지만 네가 정말 나를 못 믿는 건지, 자신을 믿지 못하는 건지 잘 생각해봤으면 좋겠어. 고작 하루지만 내가 알게 된 너는 참 멋진 세상을 가진 사람이니까."

그는 나에게서 한 뼘 떨어졌다.

"네가 찾던 행복은 이미 네 안에 있다는 거 잊지 마."

그렇게 주환은 방을 나갔고, 우린 주파수 메신저를 제외한 연락처는 알지 못한 채 헤어졌다.

다시 밀린 일에 파묻히다가도 그날이 자꾸 생각났다. 그동안 실연의 흉터를 감추느라, 또 바쁘게 지내느라 돌아보지 못했던 나를 들여다보곤 했다. 준하를 만나고 나서 난 모든 우선순위가 준하였다. 준하를 알게 되기 전에도 나 자신은 보통 나의 가장 중요한 존재에서 멀었다. 불확실한 미래가 그 자리를 차지할 때도 있었고, 타인의 감정일 때도 있었다. 나는 다시 누군가의 전부가 되고 싶으면서, 다시 누군가를 내 전부처럼 사랑할 용기는 없었다. 그저 모든 걸 주파수 탓으로 돌렸을 뿐이었다.

일을 잠깐 쉬겠다고 했다. 직원들은 생전 처음 쉬는 대표에게 놀랐다. 그러나 다들 과로한 거 알고 있다며 쉬고 오라고 했다. 3년 동안 하루도 빠짐없이 보았던 내 비서 주연 씨와 처음으로 술 한잔하며 대화를 나눴다. 그녀는 내가 늘 몸뚱어리보다 큰 짐을 한 더미 껴안고 사는 사람 같아 보인다고 말했다. 가끔은 독한 말에 밉다가도 안쓰러울 때도 있었다고 했다. 나는 누가 봐도 성공한 여자였고 그것에 큰 의미를 두고 살았지만, 자신을 돌아보지 못한 바람에 생긴 불안정한 아우라는 나를 감싸 남들에게 비쳤다.

혼자 제주의 외딴 구석에 있는 절에 템플 스테이를 갔다. 기한을 정해두지 않고 있겠다고 말했다. 내 오랜 로망이었지만, 문명과 멀어져서 느낄 외로움이 두려워 행동으로 옮기진 못했던 일이었다. 가서 바닷소리로 하루를 시작하고 매일 고사리로 밥을 지어먹고 스님과 귤밭에서 샛노란 귤을 따며 인생 얘기를 나누었다. 특별한 일은 하나도 없었지만 하루하루가 특별했다. 표류하는 모든 생각을 기록해야겠다는 생각이 들었다. 모든 생각을 써 내려갔다. 나의 아주 어린 시절 있었던 일부터 준하를 만난 시간 동안 누렸던 행복 그리고 주환과 보낸 그 하루의 의미를 담았다.

"현영님에게는 순수하고 맑은 기운이 느껴져요."

스님은 어느 날 이불을 개고 있던 내게 찾아와 말했다.

"그런 말은 또 처음이에요. 완전 독해 보인다는 말만 많이 들었는데."

"자신을 포장지 안에 곱게 싸서 감춰둬서 그래요. 사실 그 안은 훨씬 더 고운 데 말이에요."

나는 그녀의 말에 자주 위로받았다. 그리고 내 안의 모든 말을 다 꺼내 두었다. 주환에게 했던 술에 취한 급한 방식이 아니라, 아주 느리고 자의적인 방법으로.

"고통은 사람을 괴롭게도 하지만, 자신을 깨고 나오게 하기도 한답니다."

보통 스님의 대답은 이런 폭넓은 명언 같은 것이었다. 나를 겨냥하지도, 지적하지도 않는 이런 말들. 그렇게 시간이 지났고 어느 날 나는 다시 회사에 복귀해야겠다고 생각했다. 자주 오겠다는 상투적인 말없이 오직 다정한 포옹으로 그 시절은 끝이 났다. 나는 아직 해결할 게 남았다.

"대표님, 오셨어요?"

가자마자 주연 씨가 날 반겨 줬다. 그녀는 이전에 나와 깊은 대화를 나눈 이후로 좀 더 나를 편하게 느끼는 듯했다. 나는 밝게 웃어 보인 후, 백오십여 명 정도 되는

직원들을 불렀다. 그동안 여전히 바쁘게 지낸 것 같아 홀로 여유로운 시간을 보낸 게 미안해졌다. 다들 신문 기사나 TV에서 말고는 거의 얼굴도 보지 못하던 나를 보고 영문을 모른다는 표정을 했다. 그렇게 여러 감정이 섞인 시선들이 내게 모였다.

"그동안 정말 수고하셨어요. 무책임하게 자리를 비워서 미안합니다. 사실 양해를 구할 게 하나 있어서요."

맨날 예민하게 굴던 대표라 또 무슨 소리를 하는 거지, 생각하는 겁먹은 얼굴들이었다.

"주파수로 사람을 매칭 하는 이 서비스는 오늘부로 그만두려고 합니다."

"대표님."

아주 초반부터 함께해 어떤 결정에도 나를 지지해주던 사람들도 이건 아니라는 듯이 언성을 높였다. 지금 시장에서 최고가 되기까지 어떻게 왔는데 이걸 그만두냐고. 이게 대표님 혼자 결정할 사안이냐는 사나운 말들이 들려왔다.

"대신, 다른 방향으로 틀어보려고 해요."

불만이 가득한 여러 표정이 내 시야에 보였다. 나는 미소를 짓고 말했다.

"사람 간의 관계 개선 서비스, 그걸 무료로 배포해볼까 해요."

나는 준비한 자료를 나눠주고 생각했던 새로운 사업안을 자세하게 설명했다. 각자 가진 상처를 치유해주고, 자기 자신에 집중할 수 있는 서비스를 무료로 배포하자고, 여태 주파수로 많은 돈을 벌었으니 이젠 베풀 때라고, 직원들 페이는 그대로 지급할 테니 걱정하지 말라고 설득했다. 주파수는 어차피 다른 기업에서 다른 방식으로 개발할 거라는 우려에도 나는 괜찮다고 했다. 우리는 그저 우리가 맞다고 생각하는 대로 나아가자고, 상처받지 않기 위해 회피하던 사람들이 근본적으로 치유 받을 세상을 꿈꾸자고. 우리 모두 그렇게 하자고, 뜻을 모아보자고 했다. 어떤 사람들은 어쩔 수 없이 끄덕였고 어떤 이들은 비전이 없어 회사를 나가겠다고 했지만, 나는 이제 반짝이는 눈으로 날 바라보는 사람들에게 집중했다.

그 이후 준하나 주환에 대한 이야기는 생략하겠다. 이 이야기의 주인공은 나이며 그들은 어쩔 수 없이 조연이기 때문이다. 아주 뻔하게 흘러갔을 수도 있고 더 좋은 누군가를 만나 사랑에 빠졌을 수도 있다. 물론 예전의 나는 또 다시 상처받는 굴레를 먼저 떠올렸겠지만, 이제는 그러지 않기로 했다. 당신은 어떤가. 어느 지점에 서있나.

한 사람의 세계를 인정합니다. 나 스스로가 그 어떤 상황에서도 그대로 당당할 수 있기를. 모든 트라우마나 상처는 묻어두지 않고 꺼내 놓습니다. 당신의 이야기엔 늘 당신이 주연인 세상을 꿈꾸는 〈포텐셜〉이 늘 당신과 함께합니다.

Chapter 4.

반전의 미학

다음 숙소에서는 열흘 정도 머무를 예정이었다. 덜컹거리는 버스에 짐가방을 싣고 창가 밖 풍경에 한동안 시선을 두자, 한 폭의 유화 같은 길이 펼쳐져 마음이 들떴다. 지난 보름 동안 제주에서 만난 사람들은 나에게 선명한 영감을 불어넣어 주었는데, 남은 여행에서는 또 어떤 사람들을 만나게 되어 어떤 글을 쓰게 될까? 서울에선 결코 나올 수 없는 글일 테지. 그 사실 하나면 충분했다.

　이번에 가는 〈가라지 하우스〉라는 숙소는 2층짜리 가정집을 개조한 곳으로 하루에 십여 명의 나 홀로 여행객만 받는 게스트 하우스였다. 다 함께 별을 보러 가거나 모닥불을 피우고 이야기를 나누는 프로그램을 운영하는 것으로 유명해서 예약하기가 쉽지 않았는데 운이 좋게 오래 머무를 수 있었다. 주택에 들어서자 훤칠한 도시 남자 느낌이 물씬 풍기는 사장님이 반겨주었다. 오늘 다 같이 저녁 먹는 자리에 나올 거냐고 물어 그렇다고 했더니 일곱 시까지 거실로 나오라고 했다. 나는 알겠다고 말하고는 내 방에 들어가 짐을 풀었다.

저녁이 되자 사람들이 거실에 모두 모였다. 사장님이 얼굴 보고 밥을 먹기 전에 서로에 대해 간단한 질문을 해 보는 시간을 갖자고 했다. 옆자리에 앉은 분이 제주에 혼자 온 이유를 물어 여행하며 글을 쓰러 왔다고 하니 다들 어려운 일을 한다며 멋지다고 한껏 치켜세웠고 나는 괜히 머쓱해졌다.

어느 자리에 가서도 글을 쓴다고 말하면 사람들은 대개 대단하다고 말했고 어느새 나는 어려운 사람이 되곤 했다. 하지만 그럴 때마다 나는 오히려 작아졌다. 내게 남들보다 멋진 구석은 하나도 없으며 세상에 반향을 일으킬 만한 글을 쓰는 것도 아니기에, 깊이가 모자란 나 같은 사람은 글을 쓰면 안 되는 것일까 생각한 적이 있다. 하지만 그저 기록의 쓸모에 대해 간절히 믿는다는 것, 그것으로 충분하다고 여기기로 했다.

　모두의 마음속에 표류하는 이야기를 글자로 적어내며 자신을 발견할 수 있는 글을 써보았으면 좋겠다, 자신의 색깔이 기록되는 것만으로도 얼마나 가벼워지는지 실제로 경험했으면 한다며 내 생각을 말하자 다들 진지한 눈빛으로 고개를 끄덕였다. 옆에 앉은 선한 인상의 소아과 의사 언니와 제약회사 대리분이 내 책에 관심을 표했다. 감사한 마음에 꿈만 같은 일이지만 출판된다면 한 권씩 선물하겠다는 약속을 하고는 우린 저녁으로 일본식 가정식을 먹으러 가기로 했다. 열 명정도 되는 인원이 한 번에 움직여야 해서 사장님의 트럭과 내 반대편에 앉아있던 변호사 남자분이 빌린 세단으로 차 두 대를 대동했다.

　운전할 수 있는 사람은 많았지만, 그 변호사분이 꼭 자기가 하겠다며 자처했다. 그는 성이 손 씨라서 사람들이 쏜이라고 불렀다. 이날 이후에도 그는 눈이 열 개는 달린 듯이 다른 사람이 뭐가 필요한지 지켜보다가 기가막히게 챙겨주었다. 누구든 뭘 먹고 있으면 흘릴까 휴지를 손에 쥐어주고, 무언가를 찾고 있으면 재빨리 찾아 가져다주었다. 더 나서서 해줄 일이 없는지 계속해서 찾는 그에게서 사람을 좋아하는 맑은 에너지가 느껴졌다.

살면서 가끔 저렇게 남에게 베푸는 것을 좋아하는 사람들을 발견할 수 있다. 그럴 때마다 저런 자연스러운 이타심은 어디서 나오는 걸까 생각했다. 경험으로 비롯된 현명함이지 않을까 감히 예측해본다. 이기적인 태도는 본인을 편안하게 한다. 오로지 나에게만 유리하게 행동하면 되니 굳이 남을 생각하지 않아도 되어서 자유롭다. 반면 이타심은 본인을 피곤하게 할 수 있다. 지금 앞에 놓인 나의 일 말고도 타인의 일들에 수없이 자주 관심을 가져야 하니까. 하지만 결국엔 그 피로가 내게도 이롭다는 것을 깨달은 사람들일 것이다. 오직 나에게서만 행복을 느낄 수 있는 사람은 행복의 근원이 단 하나이지만, 남에게도 행복할 수 있는 사람은 그 근원이 무한대이기 때문에.

"이제 우리 별 보러 갑시다!"

밥을 다 먹자 사장님이 별을 보러 가자고 했다. 1100고지라고 불리는 한라산 중턱에 있는 도로에는 별이 쏟아질 듯이 반짝이고 있다고 했다. 그날은 안개가 잔뜩 낀 흐린 날이었기에 별구경은커녕 운전하는 것 자체가 위험할 것 같았지만, 사장님이 강력히 주장하는 바람에 강행군은 시작되었다. 그는 편의점에서 와인 두 병을 사서 두 차에 한 병씩 배정해주고, 차에서 와인을 마시면서 창문을 열고 달리면 기분이 째진다는 설명을 했다. 음주가무라면 빠지지 않는 나는 안개 걱정도 뒤로 한 채 그만 신나 버렸다. 동원된 차 두 대 중에 나는 쏜이 운전하는 차량 조수석에 앉아 소리를 지르며 마셔 댔다. 제주의 자연 바람이 창문을 산뜻하게 스쳐지나 옷깃에 닿았고, 반대편 손엔 와인 한 병이 들려 있었다. 사장님의 표현대로 기분이 째졌다.

쏜은 선곡 센스가 엄청나서 그가 틀어준 모든 노래가 분위기와 잘 어울렸는데, 특히 한 곡이 내 귀에 꽂혔다.

"우와, 이 노래 뭐예요?"

"92914라는 가수의 okinawa라는 곡입니다. 너무 좋죠?"

"네, 계속 틀어주세요!"

우리 뒤에 앉은 여자분들은 영어 학원을 운영하는 원장님과 패션 디자이너인 여자 두 분이 앉아있었는데 우리는 내내 수다를 떨었다.

"아까 밥 먹으러 갈 때는 쏜오빠 차 말고 사장님 트럭 탔거든? 근데 완전히 과격한 드라이버신 거야. 마치 서바이벌 게임 같았어."

혜나라고 불러 달라던 원장 언니와 한창 대화를 나누

던 그 시점부터 본격적인 산길이 시작되었다. 평지에서도 안개가 심하긴 했는데 산으로 진입하니 어느 순간부터 구름 속을 달리는 것처럼 앞이 전혀 보이질 않았다. 새하얗게 뿌연 안개가 차를 에워싸서 심각하게 시야를 가로막고 있었고, 라이트를 켜면 빛이 공기를 반사해 더욱 보이지 않아 난감했다. 차 한 대만 간신히 지나다닐 수 있는 좁은 도로는 조금만 벗어나면 낭떠러지였고 반대편에서 차가 오면 바로 충돌할 수밖에 없었다. 그런 열악한 조건에서도 당장 평지로 다시 돌아갈 방법은 없었다. 그저 고불고불한 길을 끝까지 타고 올라가 1100고지에 도착해 유턴해야 했다. 차선조차 보이지 않는 상태에서 쏜은 내비게이션과 감각에만 의존해서 운전하고 있었다.

겁이 많은 나에게 눈 앞에 펼쳐진 광경은 감당할 수 없는 수준이었다. 노래고 와인이고 나발이고 지금 목숨이 위험할 수 있다는 감지를 한 후 난 모든 걸 내려놓고는 경직되어 앞만 보기 시작했다. 주변에 나무들이 흔들리는 소리가 공포스럽게 휘몰아쳐 음악 소리를 삼켰다. 안개와 더불어 바람이 세게 부는 모양이었고 여전히 아무것도 보이지 않았다. 평소 좋아하던 나무 소리가 으스스하게 느껴지자 차라리 귀를 막고 싶었다. 나무들이 성큼성큼 다가와 차를 통째로 집어 던질 것만 같은 착각마저 들었다.

　같은 차에 탄 우리 넷은 전부 패닉이었다. 도대체 사장님은 왜 이런 곳을 이런 날씨에 오자고 한 걸까? 원망스러운 마음을 뒤로하고 이 길을 더 올라야 하는지, 사장님의 트럭에 타 있는 대여섯 명은 무사한지 확인하기 위해 전화를 걸었으나 아무도 받지 않았다. 이미 낭떠러지에 고꾸라진 게 아닐까 싶었지만, 다들 일단 방법이 없으니 약속한 1100고지에 가보자 하고 산길을 올랐다. 숨이 쉬어지지 않을 만큼 무서워서 심한 멀미가 났지만, 민폐 끼치고 싶지 않은 마음에 간신히 참았다.

　"괜찮아요. 별일 없을 거예요. 소설엔 좋은 소재가 되지 않겠어?"

　"그러네. 이 모든 게 소은 씨를 위한 해프닝이었네요."

　디자이너 언니가 하얗게 질린 나를 안심시키려고 한 말과 쏜의 동조가 그럴듯하게 들리는 지경에 이르렀다. 그래, 여기서 살아서 간다면 이 감정을 살려서 색다른 소설 한 편을 쓸 수 있겠다. 맨날 책방만 가고 글만 쓰는 무난한 여행기였는데 탐라지몽에 스릴러 소설도 이쯤에서 한 편 넣을 수 있겠다. 산에서 갑자기 연쇄살인마도 튀어

나오며, 거대한 나무들이 세상을 집어 삼켜버리는 그런 이야기를 써야겠다고 결심했다. 왜냐하면, 그때 내 감정이 그 정도의 공포심이었으니까.

차는 어디쯤 온 지조차 알 수 없는 안개 한복판을 계속해서 달렸다. 꿀꺽꿀꺽 마셨던 와인이 체한 것인지 멀미 정도가 심해졌다. 술로 체하면 답도 없다는데 맞는 말 같았다. 앞은 여전히 보이지 않고 고라니가 획 하니 지나갈 것 같은 환각까지 보였다. 이런 길이 10km는 더 남았다고 했을 때 그만 내려가자고 쏜의 팔을 붙잡고 싶었으나, 돌아갈 방법이 없으니 자포자기의 심정으로 입을 닫았다. 새카만 밤에 구름 한가운데를 달리는 차에 앉아있는 경험에 낭만은 더는 없었다. 뒤에 앉은 디자이너 언니가 분위기를 환기해보겠다고 자꾸 장난 섞인 말을 거는 것도 이제 짜증이 날 지경이었다. 괜찮다고 안심시키며 운전하던 쏜도 지쳤는지 조용해졌다.

우여곡절 끝에 우린 1100고지에 도착했다. 차를 구석에 대고는 곧장 내려 헛구역질을 했다. 도착한 곳엔 별은 단 하나도 보이지 않았고 신선들이 뛰어놀 듯한 차가운 바람에 구름만이 가득했다. 제주의 중심에 있는 이 산에서는 여름에도 가을을 느낄 수 있다고 했는데 정말 추웠

다. 카디건을 껴입고 담요를 칭칭 감은 다음에 다시 사장
님에게 전화를 걸었더니 드디어 받았다.

"도대체 어디예요?"

내 짜증 섞인 목소리에 사장님은 멋쩍은 웃음을 지으
며 대답했다.

"다 왔어요. 잠시만."

"빨리 와요!"

곧이어 그가 모는 트럭이 도착했고 타 있는 사람들은
새파랗게 질린 얼굴로 내렸다. 곧 구토를 한 바가지 해도
모자라지 않을 얼굴들이었다. 다들 극적으로 살았다는
마음은 일심동체였던 게 분명했다.

"일 년 365일 중에 오늘 날씨는 365위다. 일 년에 한
번 정도 있을 일이야. 하하."

사장님은 뭐가 그리 재밌는 것인지 웃어 댔고 나는 할
말이 없어졌다. 할 수 있는 일이 없는 산 정상 도로에서
별구경은 포기하고 우린 근처 숲길에 가기로 했다. 다행
히 5분 정도 거리밖에 되지 않는 곳에 예쁜 숲길이 있다
며 캠핑 의자를 펴 놓고 동그랗게 둘러앉아 자연의 소리
를 들으며 와인을 마시고 이야기를 나누기로 했다. 목적
지에 도착해 다 같이 의자를 들고 열심히 걸어 앉을 만

한 곳을 발견했다. 안개가 내려앉은 숲은 축축했으나 그의 말 대로 낭만이 있긴 할 테였다. 하지만 이 급격한 태세 전환은 당황스럽기 짝이 없었다. 스릴러 소설을 쓰기 딱 좋은 기분이었는데, 갑자기 힐링 콘텐츠로 방향이 틀어진 것에 모순적인 불만이 피어오르기도 했다.

"여러분, 잠시 불을 끄고 자연의 소리를 들어보도록 합시다."

사장님은 자신이 겪게 한 고생을 만회해보려는 듯이 갑자기 분위기를 잡고는 자연을 느끼자며 우리에게 어서 들숨 날숨을 내쉬라고 했다. 어이가 없었지만 따라주자 마음먹고는 집중해보려고 애썼다. 노력이 무색하게도 광활한 자연의 힘은 순식간에 우리를 몰입시켰다. 눈을 크게 떠도 아무것도 보이지 않을 정도로 숲은 깊었고 천장에는 마치 잎사귀들이 차르르 내려앉아 형성된 지붕이 있는 것만 같았다. 숲이라는 글자에 'ㅅ'자가 숲의 지붕 같아 그 글자가 참 예쁘다는 말을 들은 적이 있는데 바로 이곳에서 체감할 수 있었다. 바람이 닿아 흔들리는 나뭇잎 소리, 나무 지붕에 공기가 부딪치는 소리, 자연의 냄새와 맑은 바람이 온몸에 산뜻하게 부딪혔다. 아까 1100고지를 오르던 길에서는 그렇게 무섭던 나무의 소리가 몇 시간 뒤에 나를 이렇게 위로하다니. 이런 게 예측할 수 없는 반전의 미학이 아닌가 싶었다. 그렇게 우리는 십 분이 넘게 아무도 말을 하지 않고 자연을 느꼈다.

"자연 한가운데에서 여백을 주면 꽉 찼던 여행에서 숨쉴 공간이 생겨요. 그리고 그런 여백이 보통 우리 기억에 남곤 합니다. 우리 이 여백의 공간에서 깊은 이야기를 나눠봤으면 좋겠어요."

사장님은 침묵을 깨고 숲과 어울리는 피아노곡을 틀어 두고 대화를 시작했다. 감성 충만한 말이라고 생각하고 있는데 돌연 그가 나를 지목했다.

"소은 씨부터 한번 얘기해볼까요?"

"네? 무슨 얘기요?"

"마음속에 있는 얘기. 아무 얘기나 자연 앞에서 자유롭게 꺼내 보도록 해요."

진지한 이야기가 일상인 편이라고 생각했었는데, 정작 대답하려고 생각해보니 쉽게 떠오르지 않았다. 낭떠러지에 굴러 떨어질 뻔한 게 바로 삼십 분 전인데 갑자기 내 안의 무슨 얘기를 하라는 거냐고.

"소은 씨는 어떤 사람인가요?"

어둠에 가려 내 어처구니없는 표정이 보이지 않는 건

지 그는 다시 질문했다. 그의 집요함을 이기지 못한 나는 천천히 생각해봤다. 나는 어떤 사람일까. 집중하자, 집중.

"저는 사람마다 수백 가지 색깔을 가지고 있다고 생각해요. 한 사람 안에 밝음과 어둠, 부정과 긍정, 냉정과 열정 모두가 공존합니다. 그래서 저는 한 사람이 곧 하나의 세계이며, 제 세계 또한 아직 발이 디뎌지지 않은 공간이 더 많다고 생각해요. 사람들은 저를 밝고 살가운 사람으로 평가하지만, 사실 아닌 면들도 있거든요. 저도 저를 배워가는 중이고 그 여정이 즐겁습니다."

사장님은 듣는 내내 엄청나게 고개를 흔들어 대더니 대답했다.

"소은 씨는 여러 층을 가진 사람이네요."

"음, 저 말고도 누구나 그렇다고 생각합니다."

"안 지 얼마 되진 않았지만 참 좋은 사람 같아요. 가라지 하우스에서 또 다른 층을 발견해서 가셨으면 좋겠네요."

그의 따스한 말에 아까 산 중턱부터 피부은 원망이 미안해졌다. 나의 발언에 조금 더 진지한 분위기가 흐르고 사람들은 숙연해졌다. 사장님의 주도하에 모두 하나, 둘 차례대로 이야기를 꺼내기 시작했다.

쏜은 전에 본 인상 깊던 다큐멘터리 이야기를 꺼냈다. 로스쿨 합격을 앞둔 인권변호사가 되려던 청년이 대장암 말기를 선고받았는데, 1년밖에 남지 않은 생에서 선택한 일은 책을 읽고 사람들을 만나서 책에 담긴 삶에 관한 이야기를 나누는 일이었다고 했다. 쏜은 변호사 일을 하면서 어려운 일이 생길 때마다 이제는 세상에 없는 그를 떠올린다고 했다. 그가 하고 싶었으나 하지 못했던 인권 변호 일을 생각하며, 그가 죽기 전까지 떠올렸을 철학들을 짐작해보며 살고 있다고 했다.

옆에 앉은 디자이너 언니는 자신은 나약한 사람이라고 고백했다. 지금은 길을 잃었다고, 어디서부터 잘못 온 지 모르겠다며 말하는 내내 눈물을 흘렸고 나는 그녀의 손을 내내 꼭 잡고 있었다. 진심 어린 온기가 그녀에게 작은 위로가 되었으면 했다. 어떤 사연인지는 몰라도 그녀의 떨리는 어깨가 짊어진 짐이 얼마나 무거운지 짐작하게 했다. 내가 아까 차에서 겁에 질려 있을 때, 걱정을 덜어주려던 그녀의 따뜻한 말들이 생각났다. 이토록 순수한 사람이 흘리는 눈물은 마음 한편을 먹먹하게 했다.

"괜찮아요. 지금은 힘들어도 당신이라면 다 잘될 거예요."

사장님은 벅찬 감정으로 울음을 멈추지 못하는 그녀에게 말했다. 그 이후로도 어떤 이는 삶의 감사함을 얘기했고, 어떤 이는 자신이 인생에서 어디쯤 와있을까 몰라서 생기는 불안을 토로했다. 그 위로는 사장님이 틀어 둔 잔잔한 음악이 흘렀다. 올라오는 길에 느꼈던 공포는 거짓말처럼 사라지고 어느새 우리는 숲에서의 대화에 흠뻑 빠져 있었다.

모두가 남모를 고민을 안고 살아간다. 잦은 선택과 막중한 책임의 연속에 자주 눈물짓고 포기하고 싶을 때도 있다. 하지만 나만 그런 것은 아니다. 우리 모두 각자의 출발선에서 삶이라는 여정을 각자의 보폭으로 걸어가고 있다. 넘어지고 후회하기도 하면서, 그럼에도 불구하고 다시 옆 사람의 손을 잡고 일으켜 주고 일으켜지면서, 다 함께 먼 수평선 너머의 태양을 바라보며 걷고 있다. 그 사실 자체로도 조금 더 힘을 낼 수 있다는 것, 결국 서로의 상처를 맞대어 치유받는다는 기적, 우린 각자의 고민을 털어놓고 들으며 또 한 발짝 나아갈 힘을 얻었다.

제주 말에 '맨드롱'이라는 단어가 있다. 만지기 좋게 따뜻하다는 뜻의 단어인데 그날 숲에서 나눈 대화를 그 말로 표현하고 싶다. 옆에 있는 사람의 내면을 딱 한 겹이라도 들여다볼 수 있다면. 손을 잡아주고 들어주는 것으로 그의 아름다운 여정에 작은 힘이라도 보탤 수 있다면. 지난 시간 나밖에 몰랐던 내가 소설을 쓰면서 비로소 사람을 더욱더 깊게 들여다보게 되었다. 자연스럽게 그들의 이야기를 내 안에까지 담고 싶어진 게 내겐 축복이다. 그런 언어들이 쌓여 나도 타인에게서 행복을 찾을 수 있는 사람이고 싶다. 진지한 위로를 선뜻 먼저 건넬 수 있는 사람. 결국은 그 온도가 차가움보다 따뜻함에 머물러 있는 사람.

노인이 인구의 절반을 차지하게 되었다. 문제를 해결하기 위해 정부는 안락사를 권장하는 정책을 시행했다. 이제 대한민국에서 60세 이상이면 누구나 자신의 죽음을 선택할 수 있게 되었다. 나라에서는 죽음으로 사회에 이바지하는 결정을 한 사람들에게만 땅에 묻힐 권리를 주었다. 안락사한 인간들 이외의 모든 시체는 불태워져야 했기 때문에 일각에서는 특별한 기회처럼 여겨졌다. 묻힌 자리에는 그 사람의 인생을 대표하는 나무가 자라나는 기술이 개발되었다. 어떤 나무는 열매가 주렁주렁 열리기도 했고, 어떤 것은 웅장한 버드나무였다.

하지만 그런 보기 좋은 나무는 몇 그루 자라나지 않았

다. 삶을 포기한 사람 중에 떳떳한 인생을 살아낸 이는 찾기 힘들 징도였다. 환경 친화나 자살 감소 같은 그럴듯한 말을 해대며 시작한 정책이지만, 나무 플랜팅 시뮬레이션이 직업인 재희에겐 매번 골치 아픈 숙제 같았다. 안락사 의뢰자에게 당신이 죽고 나서 이런 종류의 나무가 남을 것이라고 통보하면 만족하는 사람은 거의 없었다. 삶의 마지막까지도 자신보다 나은 것과 비교하려는 습성은 여전했다. 다른 사람의 나무는 저렇게 크고 화려한데 자신은 왜 자그마한 고목 수준이냐고 따졌다. 재희가 하는 작업이라고는 뇌를 분석해 모든 기억을 끄집어내서 시뮬레이션 시스템인 인택트에 돌리는 것밖에는 없었다. 그래서 생의 마지막 투정에도 해줄 수 있는 말은 늘 같았다.

"그러면 좀 더 살아보세요. 살면서 본인 나무가 무성해지게 노력해 보시고요."

재희는 날 때부터 이렇게 까칠한 성격은 아니었다. 이제는 사십이 훌쩍 넘은 노총각이 되어버린 것도 있겠지만, 그가 스무 살일 때 엄마가 눈 앞에서 죽은 탓이 크다고 스스로 생각했다. 정확히 말하자면 엄마는 살해당했다 그것도 아주 처참하게. 그때만 해도 안락사나 초고령

화 같은 말은 드물게 거론되던 시대였다. 당시 가장 이슈가 되던 건 희대의 살인마 엑스x였다. 사람들은 그 살인마를 거론하기 무섭다며 엑스라고 불렀다. 엑스는 3년 동안 총 54명을 죽였다. 한국에서 사람을 그렇게 짧은 시간에 대량으로 죽인 살인마는 없었다. 기술이 발달하면서 살인하는 기술조차 발달한 건지 그는 증거 하나 없이 치밀했다. 경찰도 검찰도 그의 뒤꽁무니만 쫓다가 놓치기 일쑤였다. 그는 여러모로 역사에 길이 남을 살인마가 되었다.

어김없이 사람들이 엑스에 대해 떠들던 어느 날 밤이었다. 엑스는 엄마와 재희 단둘이 사는 집을 침입했다. 자신의 방에서 게임을 하던 재희는 거실에서 나는 충돌음에 방문을 열어젖혔다. 얼굴부터 온몸을 검은 천으로 가린 남자가 엄마의 목덜미에 칼을 들이밀고 있었다. 놀란 재희가 달려가던 그 찰나에 남자는 가차 없이 엄마의 목을 아주 깊숙이 그었다. 그때 남자는 울부짖던 재희와 눈이 마주쳤다. 그는 분명히 웃고 있었다. 만족스럽다는 눈빛이었다. 격분한 재희가 그에게 달려들자 그는 마취총을 재희에게 정확히 겨냥했다. 그리고 감시 카메라에 단 1초도 등장하지 않고 사라졌다. 그렇게 재희는 사흘

동안 하나뿐인 가족을 잃은 것도 잊은 채로 잠들었다.

"선배, 플랜팅 의뢰 하나 더 있어요."

생각에 잠긴 재희에게 연서가 말을 걸었다. 연서는 회사에서 재희와 그나마 친하게 지내는 후배였다.

"기한은 언제까지?"

"다음 주예요. 의뢰자가 빠른 시일 내로 진행하고 싶어 하셔서요."

"오케이. 내일 세 시쯤 검사하러 오라 그래."

재희는 한숨을 작게 내쉬었다. 삶을 계속 영위하기 버거워진 사람들이 안락사하기 위해 끊임없이 줄을 섰다. 그럴수록 밤을 새워서 일하는 날이 잦아졌다. 오늘도 밤이 다 되어서야 안경을 벗고는 퇴근을 준비했다. 사무실에서 나오자 빽빽한 빌딩과 색색의 나무들의 행렬의 부조화로 가득 찬 도시가 눈앞에 펼쳐졌다. 제일 높은 빌딩 스크린에서는 뉴스 채널이 방영되고 있었다.

'23년 전 자취를 감춘 엑스 기억하십니까? 오십여 명을 죽인 희대 살인마의 공소시효가 금일 만료되어 많은 이들의 안타까움을 사고 있습니다.'

'세상이 변했는데 공소시효 같은 악법은 왜 없어지질

않는 거예요? 이 나라는 뭐 하는데 그런 악마 하나 잡지를 못 하냐고요. 엑스가 도대체 몇 명의 인생을 짓밟은 줄 아세요? 이십 년이 넘었지만, 아직도 하루하루 고통 속에 사는 사람이 천지예요.'

앵커의 말에 이어서 분노에 찬 유가족이 등장했다. 죽은 사람의 수가 많은 만큼 유가족의 수 또한 기하급수적이었다. 그들 중 일부는 유명해져 언론을 타기도 했고, 시위의 주체가 되기도 했다. 하지만 재희는 그저 조용히 자신의 자리에 있었다. 아무것도 할 수 없었던 자신의 무기력함을 원망하며 평생을 살았는데 그것을 다시 입 밖으로 꺼내고 싶지 않았다. 그저 하루빨리 60세까지 나이를 채워 안락사 기기에 자신의 육체를 집어넣을 날만 기다리고 있었다. 그때까지 숨이 붙어 주어진 일상을 살아내려면 그날은 잠시 묻어두어야 했다. 잊으려고 해도 자꾸 떠오르는 그 날의 잔상들을 외면해야 했다. 엑스가 어디에서 무엇을 하고 사는지 궁금해하지 않으려고 애쓰면서, 그놈의 목을 똑같이 베어 도심 한복판 맨 위에 보란 듯이 걸어 두고 싶은 욕망을 억누르면서.

다음 날, 연서가 말했던 급하다는 의뢰자가 예약한 시

간이 되었다. 60세라는 나이가 믿기지 않는 선한 인상의 남자가 들어섰다. 보통 검사 시간에는 가족과 함께 오는 사람이 많은데 그는 혼자였다.

"김상원 씨, 뇌 검사 들어갈게요. 기억 분석하는데 시간이 좀 걸려서 잠시 눈 감고 쉬신다고 생각하세요."

재희는 그의 머리에 인택트를 씌운 뒤 딱딱한 말투로 말했다. 어제 엑스의 공소시효 뉴스 때문인지 잠자리를 설친 건지 컨디션이 썩 좋지 않았다.

"선생님은 제 모든 기억을 볼 수 있는 건가요?"

말 한마디 하지 않던 남자가 입을 열었다.

"아니요. 사생활 보호로 비공개라 프로그램만이 읽고 분석할 뿐이니 걱정하지 않으셔도 됩니다."

"확실한 건가요?"

"네. 이제 눈 감으세요."

다들 뭘 그렇게 숨길 게 많은 인생들이셨는지 뻔하게 늘 받는 질문이라 능숙하게 답변했다. 재희는 프로그램이 돌아가는 동안 잠시 커피 한잔하고 눈을 붙여야겠다고 생각한 뒤 검사실 문밖을 나섰다. 마침 그를 찾아온 연서가 앞에 있었다.

"선배, 커피 찾았죠? 여기요."

연서는 열 살이나 어렸지만 재희를 곧잘 따랐다. 예민한 재희의 성격을 버티지 못해 그전 후배들은 자리를 박차고 그만두기 일쑤였는데, 연서는 벌써 오 년째 함께 일을 하고 있었다. 검사 진행이나 결과 통보는 재희가 하고 인택트 분석은 연서가 해오는 식이었다.

"저번 주 이세희 씨 결과 나왔지?"

"말도 마요. 어찌나 남에게 기생하며 살았는지 겨우살이 나왔어요. 그 할머니 말투 엄청 무섭던데 아무리 선배라도 통보하기 힘들겠다."

재희는 커피를 한 모금 들이킨 뒤 뾰로통한 얼굴로 투덜대는 연서에게 대답했다.

"요즘은 왜 그런 인간들밖에 없냐? 특이한 나무 좀 보고 싶다. 덜 지루하게."

"선배 의뢰자분은 뇌 검사받고 계신 거죠? 인상 좋으시던데, 기대된다."

"몇 년째 해놓고도 모르냐? 겉보기와 다른 게 인간이니 까봐야 알지. 분석 잘하고. 결과 나오면 바로 주고."

연서는 입을 삐쭉 내밀고 나도 다 알거든요, 중얼대고는 자신의 사무실로 돌아갔다. 그런 연서를 보고 살짝 미소 짓던 재희도 다시 검사실로 가서 진행 상황을 확인했다.

"다 됐네요. 결과는 일주일 정도 걸리고요. 안락사 스케줄은 지금 대기자가 워낙 많아서 아마 석 달은 기다리셔야 할 거예요."

"최대한 빨리는 안 되나요?"

남자는 다급한 얼굴로 재희의 손을 덥석 잡았다.

"순서라는 게 있어서요. 대기 걸어 놓은 대로 할 수밖에 없어요. 일단 나무 플랜팅은 시뮬레이션 결과 나오는 대로 연락 드릴게요."

"네…."

재희는 그의 손을 슬며시 내려놓고 돌려보냈다. 오늘만 해도 검사를 받을 사람이 서너 명은 더 남아 있었다. 그만 좀 죽어대라, 이 좁은 땅에 남아 날 자리 없겠다, 혼잣말을 하고는 재희는 다음 검사 차트를 집어 들었다. 그렇게 바쁜 나날들을 보냈다. 검사를 하고 결과를 통보하면 사람들은 자신의 인생을 부정하고 실망하며 화를 냈다. 그들을 보고 있자면 재희는 속으로 한 문장만 떠올렸다. 불평할 힘 있으면 다시 살아보시라고요. 죽음이 간절하지 않은 인간들아.

"선배, 김상원 씨 검사지 나왔어요."

"응, 수고했어."

벌써 일주일이 지났나 보다 생각하던 재희는 차트를 받아 들었다.

"근데 진짜 이상해요. 처음 보는 나무예요."

"새삼스럽게 또 그래. 뭔데?"

낯선 공포가 서린 연서의 얼굴을 보던 재희는 차트를 뺏어 읽기 시작했다. 천천히 뜯어보던 그의 표정 또한 곧 이어 굳어졌다. 시뮬레이션으로 도출된 나무의 가상 이미지는 이전에 본 적 없는 흉측한 것이었다.

종류: 특정할 수 없음.

특이사항: 뿌리부터 기둥, 잎사귀까지 모두 새카맣게 탄 나무. 속은 썩어 들어가 텅 비어 수분을 흡수할 수 없음. 기둥은 왼쪽으로 40도 정도 기울어져 있음.

크기: 17.3M

나무 종을 구분할 수 없는 거대하고도 새카만 나무라니, 업계의 베테랑인 재희도 처음 보는 종이었다. 이 일을 시작할 때 즈음, 잎사귀만 까만 나무는 본 적 있었다. 납치, 강간, 살인을 차례대로 저지른 사람의 것이었다.

그렇다면 뿌리부터 몸통까지 까만 이 나무는 도대체 어떤 생을 살아온 자의 것일까? 이 나무의 주인 김상원, 그 다급해 보이던 남자는 누구일까?

"이 사람 뭐야?"

"설마… 엑스 아니예요?"

"뭐?"

재희의 눈이 커졌고 연서는 그런 그에게 누가 들으면 큰일이라도 난다는 듯이 조그맣게 속삭였다.

"저렇게 나무가 새카매질 정도로 죄를 지은 사람이 이 나라에서 엑스 빼고는 어디 있겠어요?"

"야, 엑스가 미쳤다고 자기 손으로 플랜팅 시뮬레이션 검사하러 왔겠어? 들킬 게 뻔한데."

"얼마 전에 공소시효도 만료됐잖아요. 못할 건 또 없지 않아요? 어휴, 소름 끼쳐."

연서는 얼굴을 잔뜩 찌푸린 채 소름이 돋는다는 듯이 양팔을 매만졌다. 한두 번의 범죄나 살인으로는 이런 나무가 나오진 않는다는 것은 재희도 동감했다. 그런데 엑스라니. 자신을 구렁텅이 같은 삶에 처박아 두고 살인을 습관처럼 저지르던 그 사람. 자취를 감추고 항상 완전범죄를 성공한 인간. 자신의 전부처럼 재희를 사랑해 주던 엄마를 이유 없이 죽인 살인자, 그의 형체에 목덜미를 붙잡힌 엄마의 흔들리는 눈동자와 살인마의 미소, 울부짖던 자신의 음성이 되풀이될 때쯤 연서가 그를 깨웠다.

"선배, 괜찮아요? 땀 엄청나요."

"어, 어. 괜찮아. 김상원 씨 결과 통보일 언제로 잡았어?"

"아직 못 잡았죠, 나무가 워낙 이상해서. 언제로 할까요?"

"내일로 잡아줘."

"네, 선배 괜찮겠어요? 진짜 엑스면 어떡해요. 사람을 밥 먹듯이 죽이던 살인마잖아요."

"괜찮아. 아니겠지."

연서는 걱정 어린 얼굴로 그를 바라보다가 등을 두들기고는 사무실을 나갔다. 애써 웃어 보이던 재희는 그녀가 나가자 식은땀을 닦았다. 진짜 엑스라면? 복수를 할 수 있는 기회가 발밑으로 직접 걸어온 것이라면? 이 생각만 재희의 머릿속에 가득했다. 엄마가 죽고 난 이후로 재희는 매일 상상 속에서 엑스의 몸을 갈기갈기 찢고 분해했다. 대상이 그림자 같은 형체뿐일 때와는 느낌이 달랐다. 구체적으로 그릴 수 있는 대상과 잔혹한 상상이 결합하니 엄청난 희열이 느껴졌다. 내일 그 남자를 만나 확인해야겠다. 그가 엑스라면 신이 주신 기회를 놓치지 않으리라. 아무도 어떻게 하지 못했던 살인마를 내 손으로 응징하리라. 처참하게 죽은 엄마의 억울한 한을 풀고 유쾌하게 세상을 뜨리라.

"선생님, 결과는 어떤가요?"

정신 차려보니 상원의 결과 통보 날이었다. 재희는 그의 얼굴부터 육신을 곳곳이 탐색했지만 어떤 인상에서도 살인마 같은 구석은 없었다. 처진 둥근 눈, 약간 통통한 몸집, 하얀 피부, 보통 체격. 흔한 호감형의 중년 아저씨였다.

"결과는 1m도 안 되는 고목이 나왔어요. 보통 많이 나오는 나무이니 실망하지는 마시고요."

재희는 일부러 거짓말을 했다. 이 남자가 엑스가 아니더라도 새카만 나무라면 심각한 범죄를 저지른 것은 분명했다. 그것이 들통난 것을 알면 상대는 어떻게 나올지 알 수 없었다. 그러니 자극은 금물이었다.

"아 그렇군요. 다행이네요."

인생의 상징으로 볼품없는 작은 나무를 판정받고도

다행이라고 하는 사람은 처음이었다.

"왜 다행이세요? 저번부터 안락사가 다급하신 것도 그렇고 혹시 다른 사연이 있으신가요?"

재희는 조심스럽게 그에게 화살을 던졌다.

"딸내미도 아내도 먼저 저세상으로 가버렸고 저 혼자예요, 선생님. 얼른 따라 죽고 싶어서 안락사 할 수 있는 나이를 여태 기다렸네요."

"유감입니다. 어쩌다 그런 일이 생기셨나요?"

재희는 고개를 끄덕이며 공감하는 시늉을 했다. 상원은 갑자기 눈물을 보이며 말을 이었다.

"모르겠어요. 정확히 20년 전이었어요. 무슨 사고가 있었는지 그 이후로 기억을 잃었어요. 딸도 아내도 세상에서 사라지고 저는 혼자 남은 것 말고는 기억나는 게 없어요."

"그게 가능한가요…?"

"교통사고인 것 같긴 한데 그날 이후로도 기억이 가끔 뒤죽박죽이에요. 가족들 얼굴도 생각이 나지 않을 때가 많고요. 혹시 선생님, 제 기억을 저 기계가 갖고 있다면 제가 그날 기억을 볼 수 있을까요? 딸내미 얼굴이 생각이 안 나요. 무슨 일이 있었던 건지 알고나 죽고 싶어요. 부탁드립니다."

남자는 또다시 자신의 손을 재희의 손 위로 겹쳐 놓았다. 그의 눈동자가 잔뜩 흔들리고 있었다.

"인택트에 심어진 기억은 저도 볼 수 없어요. 강력 보안되어 풀 수도 없고 불법이라서요. 죄송합니다. 안락사 스케줄은 나가서 1층으로 가시면 잡으실 수 있으실 거예요."

"선생님, 제발요."

"안됩니다. 나가 주세요."

재희는 애원하는 상원을 문밖으로 밀어 내쫓았다. 그가 정말 엑스인지 확인하려고 했지만 혼란스러울 뿐이었다. 그가 떠나자마자 자리에 앉아 엑스가 벌인 것으로 추정되는 역대 살인 사건을 검색해 보았다. 정확히 20년 전에 딸과 아내가 죽었고 자신은 기억을 잃었다는 단서로 찾아보니, 그때 일어난 사건이라고는 일가족 살인 사건 한 건뿐이었다. 부부와 딸이 차례대로 머리를 가격당했다는 내용이었다. 증거 없는 치밀함으로 엑스가 벌인 마지막 살인사건이라고 기록하는 사람도 있었지만, 일각에서는 범행 수법이 우발적이라 엑스가 아닌 타인의 행위라고 여기기도 했다. 그 시기에 있던 다른 사건들도 찾아보았지만 특별한 건 없었다. 20년 전에 저 남자에게 무슨 일이 있었던 걸까?

두통이 몰려왔다. 그의 말은 어디부터 믿을 수 있는 걸까? 자신이 엑스가 아닌 사람을 응징할 수는 없었다. 저 사람이 다른 누군가를 죽이고 심각한 범죄를 일으켰다 하더라도, 그래서 인생을 상징하는 나무가 새카맣게 타 들어갔다고 하더라도 자신에겐 그럴 권리가 없었다. 엑스여야만 한다. 엑스여야만 복수할 권리가 생긴다. 한참을 생각에 잠겨 있던 재희의 눈에 인택트 기기가 들어왔다. 저 안에 들어 있는 상원의 기억만 재생시켜 볼 수 있다면, 확실하게 엑스라는 것만 알 수 있다면, 인택트 데이터를 보는 일이 감옥에서 한참 썩어야 하는 심각한 범죄인 것은 아무래도 상관없었다. 하지만 한참 윗선에서만 아는 복잡한 암호로 시스템을 풀어야만 내부 기억을 알 수 있다는 사실이 그를 좌절하게 했다.

몇 날 며칠을 재희는 그 생각뿐이었다. 그 와중에 상원의 안락사 일이 두 달 뒤로 잡혔다는 소식을 들었다. 빨리 죽여 달라고 리셉션에 매일 찾아와 떼를 쓴 바람에 앞당겨졌다고 했다. 의뢰자가 안락사 기기에 들어가면 인택트에서는 그의 가장 행복한 기억을 시뮬레이션으로 재생하도록 설계되어 있었다. 의뢰자는 마치 그 경험이 현실인 것처럼 감격스러워하다가 행복에 겨운 채로 세상을 떴다. 만약 아주 적은 가능성으로 상원이 엑스라면? 그래서 그렇게 새카만 나무가 피어날 예정이라면? 그렇다면 절대 그를 그렇게 평온하게 죽게 할 수는 없었다. 경찰에 말할까? 공소 시효가 지났는데 무슨 소용이 있을까. 상원의 무덤에서 까만 나무가 피어나면 그제야 사람들은 알까? 그땐 이미 죽어 있을 텐데 이미 죽은 사람에게 뭘 할 수 있을까. 인택트를 풀어서 기억을 볼 수 없을까? 보안에 걸리지 않게 빠른 시일 내로. 인택트 시스템에 여러 번 접속해서 시도를 해보았지만, 턱도 없었다.

"선배, 요즘 왜 그래요. 넋 나간 사람 같아."

그렇게 한 달이 흘렀다. 연서는 어김없이 쉬는 시간에 그의 사무실에 들어와 커피를 건넸다.

"요즘 잠을 잘 못 자서 그래. 너도 이제 오 년 차니까 혼자 인택트 검사 진행할 수 있지? 오늘 좀 부탁한다."

재희는 커피를 받아 마시고는 당부했고 연서는 활짝 웃으며 말했다.

"당연하죠. 여태 나 못 미더워서 검사실 못 들어가게 하는 줄 알았네. 나만 믿고 휴게실 가서 푹 쉬어요."

몸에 한계가 온 건지 뭘 잘못 먹은 건지 어지러워져서 휴게실에서 눈을 붙였다. 몇 주 만에 처음으로 깊게 잠들었다. 잠에서 깨어나니 회사의 모든 불이 꺼져 있었다. 시계를 확인해보니 새벽 두 시가 넘은 시각이었다. 열두 시간이 넘게 잠들어 있던 건가. 아무도 깨우지 않고 혼자 이곳에 있었다니. 재희는 서둘러 휴게실을 나서고 연서의 사무실 문을 열어젖혔지만 퇴근한 건지 텅 비어 있었다. 혹시 몰라 검사실로 향했지만, 그곳에도 아무도 없었다. 인택트 프로그램을 끄지 않고 간 건지 파란 컴퓨터 불빛만 방안을 채웠다. 끄고 가려고 컴퓨터 화면을 확인했을 때 재희는 믿을 수 없는 광경을 보았다.

"이게 뭐야?"

인택트 보안이 풀려 모든 의뢰자의 기억을 볼 수 있게 열려 있었다. 말도 안 되는 일이었다. 재희의 손이 미친 듯이 떨렸다. 연서가 오늘 검사를 진행했을 텐데 어떻게 이게 풀려 있지? 검사 일정 이후에 윗선에서 왔다 간 걸까? 아무래도 상관없었다. 서둘러 김상원이라는 이름을 클릭했다. 그리고 특정 날짜를 찾았다. 25년 전, 엄마가 살해당한 날이었다. 영상이 여러 개 업로드되어있는데 그중 하나에 작게 압축된 엄마의 얼굴이 보였다. 재희의 심장은 터질 것처럼 뛰어 댔다. 이로써 김상원이 엑스다. 분명하다.

"제발 살려주세요."

영상을 재생하자 애원하는 엄마가 보였다. 재희는 곧바로 영상을 껐다. 끔찍했던 파멸의 날을 차마 다시 재생할 수는 없었다. 대신 주저앉아 미친 듯이 울어댔다.

찾았어요, 엄마. 엄마를 죽인 그놈이요. 내가 그놈 살점 하나 땅에 묻히지 못하게 죽이고 갈게요. 여태까지 죽지 않고 살아있길 잘했어요. 그렇죠?

두 달이 지나 드디어 상원이 죽기로 한 날이 되었다. 그동안 재희는 모든 업무는 연서에게 맡기고 다른 일에 전념하고 있었다. 김상원의 안락사 시뮬레이션을 조작하기로 했다. 행복했던 기억 대신 자신이 저지른 살인 방법으로 끊임없이 죽임을 당하는 시뮬레이션. 일 분에 54번, 그가 살인을 저지른 횟수만큼 죽임을 당하도록 제작했다.

"오늘 3시에 진행하는 김상원 씨 안락사실 들어가 볼 수 있을까요? 안락사 기계가 괜찮은지 좀 보려고."

재희는 안락사실을 기웃대다가 앞에 리셉션 여직원에게 말을 걸었다.

"네, 선생님. 근데 아까 설비에서 점검 다 하고 가셨는데요?"

"아끼는 환자라 혹시 몰라서요. 보고 올게요."

여직원에게 웃어 보인 뒤 재희는 기계의 시뮬레이션 칩을 바꿔 꼈다. 이제 모든 준비가 끝났다. 지금 2시 반. 정확히 삼십 분 뒤면 엑스는 제 발로 기어들어 와 끊임없는 살인의 굴레에 처박히겠지. 안락사하는데 걸리는 시간 십 분 동안 그의 목숨은 수없이 반복되어 끊길 것이다. 그리고 십 분이 되기 직전에 재희는 기계를 열어 아직 죽지 못한 상원의 얼굴을 보고 목에 칼을 박아 넣을 것이다. 그가 자신의 엄마에게 그랬던 것처럼. 재희는 웃음을 참을 수 없었다. 그래, 이게 복수지. 엄마만이 아니라 엑스에게 당한 모든 사람을 대표해서 하는 정당행위였다. 이렇게 옳은 일을 하다니. 나중에 자신의 나무는 엄청 근사한 것일 수밖에 없겠다는 생각에 기뻤다.

웃고 있는 상원의 뒤에서 문이 열리는 소리가 났다. 서둘러 바꾼 칩을 숨기고 기계 뚜껑을 닫고는 재희는 문쪽을 확인했다. 연서였다.

"선배, 여기서 뭐해요?"

"어, 어, 김상원 씨 나무가 좀 이상했단 이유로 잘못 케어해 준 거 같아서 기계 이상 없는지 보려고. 넌 무슨 일이야?"

"선배 요즘 진짜 이상해. 잠도 잘 못 자죠? 눈 완전히 충혈됐어. 이거 마셔요."

연서는 늘 건네던 브랜드의 커피를 건넸고 재희는 단숨에 받아 마셨다.

"야, 너밖에 없다."

"어머, 선배가 그런 말도 할 줄 알아요? 오늘은 기분 좋아 보이네. 무슨 일 있어요?"

"일은 무슨. 다음 검사 몇 시지? 오늘도 너에게 부탁해도 될까?"

말을 끝마치자마자 재희는 심한 어지러움을 느꼈다. 근래 들어서 많이 느끼던 어지럼증이었는데, 잠을 통 못 잔 탓인 듯했다. 근데 이번엔 좀 더 이상했다. 곧 쓰러질 것 같은 기분이 들었다.

"선배. 어지럽죠?"

머리를 부여잡고 있는 재희에게 연서가 낮은 목소리로 말했다.

"커피 줄 때마다 내가 어네어 약물 탄 건데. 어떻게 눈치 한 번을 못 채지?"

"너 그게 무슨 소리…. 어네어라니…."

"기억 잃는 환각제 몰라요? 시대에 뒤떨어지네, 진짜."

연서의 표정은 단번에 굳었고 재희의 눈을 똑바로 바라보고 있었다. 처음 보는 표정이었다. 말을 이으려던 재희는 곧이어 고꾸라졌다.

재희가 정신을 차렸을 땐 그는 자신이 만든 시뮬레이션 속이었다. 깨어나 보니 그 자신은 육체에 존속된 존재가 아니었다. 스스로를 확인할 수 없지만, 움직이지 않는 물체 안에 의식이 갇혀 있었다. 그리고 곧이어 보이는 건 끊어진 듯한 손목 두 짝이 천장의 밧줄에 매여 있는 육체, 그 자신이었다.

숨이 붙어있는 사람이라곤 쉽게 생각할 수 없었다. 공중에 떠 있는 발목에서 뚝뚝 떨어지는 피. 힘없이 떨궈져 있는 머리. 까만 머리칼은 젖어 유독 더 깜깜했다. 하지만 재희는 알 수 있었다. 자신이 만든 것이기 때문에 알 수 있었다. 이것은 시뮬레이션이다. 그런 비슷한 상황이 몇십 번, 몇백 번 반복이 되었다. 재희는 영혼의 파멸을 경험했다. 육체만이 살아나서 다시 죽고, 또 그어지고 다시 죽는 과정은 그를 짓무르게 했다. 엑스가 당해야 했을 이 시뮬레이션은 왜 내게 재생되고 있는가? 도대체 무슨 음모인가?

몇 번째인데 아직도 현실 파악이 안 되니?

귀에 익은 목소리가 들린다. 연서의 것이다.

똑바로 느껴. 칼끝 하나하나, 피의 감촉, 찢어질 듯한 고통을 한껏 느껴. 엑스는 너야. 다 네가 한 짓이야. 너는 25년 전에 내 집에 침입해 내 눈앞에서 우리 엄마를 죽였어. 단숨에 머리를 베었지. 그 이후로 난 복수를 위해서만 살았어. 마주치는 사람마다 내가 개발한 인택트를 씌워 기억을 끄집어냈지. 몇 년을 그 짓만 하다가 너를 찾았어. 그 이후로 생각했지. 상상도 못 할 이 고통을 돌려주려면 어떻게 해야 할까? 네가 살인자가 아닌 피해자로 오랫동안 살게 하고 나서 천천히 내 손으로 죽여야겠다고 생각했지. 그동안 네 곁에서 함께 있으면서 네 머리를 매일 깨부수고 싶었지만 참았어. 이 날을 위해서 말이야.

이어지는 연서의 웃음소리가 들렸다. 재희는 울부짖으며 소리쳤다.

내가 엑스라니 그게 무슨 소리야. 엑스는 김상원이 잖아!

김상원? 네가 20년 전에 마지막으로 죽인 가족 기억 안나? 거기서 살아난 남자가 김상원이야. 가족을 잃은 충격에 애써 그날을 잊게 하려고 기억을 지울 수 있게 어네어 약물을 처방해줬지. 생각해봐. 사람이 죽으면 나무가 자라는 세상이야. 그깟 기억 몇 개 지우는 게 어려울까? 난 너를 만나 매일 어네어가 든 커피를 먹였지. 봐, 너는 네 과거조차, 네가 죽인 사람들조차 잊었잖아. 엑스라고 별 거 없더라, 시시하게. 네가 잠에 빠졌을 때 나는 매일 시뮬레이션으로 다른 기억을 심었지. 내 엄마가 죽은 경험을 네가 겪은 현실로 받아들이게. 네가 스스로 불쌍한 사람으로 여길 수 있게. 네 손으로 직접 너 자신을 처단할 이 시뮬레이션을 제작할 수 있게. 모두 내가 조종했지. 어때? 이게 내 복수야. 마지막까지 넌 참 살인마답더라? 살인을 계획하면서 사실 너 즐거웠지? 다시 사람을 죽일 수 있다는 희열에.

꿈일 거야. 꿈이어야만 해. 재희는 이 꿈에서 깨어나려고 발버둥 쳤다. 그 순간 기계의 뚜껑이 열렸다. 반짝이는 게 보였다. 칼날인 듯했다. 그 순간 백지 같은 배경에 아주 새카만 나무가 떠올랐다.

특성. 속은 썩어 들어가 텅 비어 아무것도 흡수할 수 없음.

Chapter 5

느리게 사랑하는 일

험난했던 산행이 끝나고 새벽 두 시가 넘어 숙소로 돌아온 우리는 아쉬운 마음으로 한참을 더 떠들었다. 나는 이곳에서 아직 일주일 넘게 더 머물 예정이었고 나와 계속 함께할 사람들도 있었지만, 이 중 일부는 내일 혹은 모레 떠나야 했기에 짧은 인연이 아쉬웠다. 육지에서 꼭 다시 만나기로 약속을 하던 몇 차례의 이별 후에도, 나는 낮에 글을 쓰고 숙소 사람들은 그들끼리 관광을 한 뒤 저녁이 되면 맥주 두 캔씩을 들고 거실에서 만났다. 어느 날은 바다에 가서 불꽃놀이를 했고, 어느 날은 마당에서 모닥불을 피워 두고 밤이 새도록 이야기를 나눴다. 서로를 더 알고 싶은 마음에 저녁마다 단란하게 모이던 나날들이었다.

그 시간 동안 나처럼 오래 연박을 하는 사람들은 하루가 다르게 친해져서 마치 가족같이 살가워졌다. 변호사인 쏜과 영어학원 원장인 헤나 언니가 그중 일부였고, 그들은 나보다 일주일 정도 먼저 제주를 떠날 예정이었다. 함께 보낸 시간 동안 두 사람이 나를 잘 챙겨줘서 고마웠던 일이 한둘이 아니었다. 특히 배려심 깊은 쏜이 잘 덜렁거리고 겁이 많은 나를 섬세하게 챙겨주곤 했다. 장난스러운 말들 뒤에 숨겨진 따스함이 봄바람처럼 만연했다.

그렇게 가라지 하우스에서의 시간은 흘렀고 그가 떠나야 하는 날이 가까워진 어느 날이었다. 나는 숙소 근처에 있는 카페에서 글을 쓰고 있었는데 그가 갑자기 찾아왔다. 정말 갑자기였다.

"여기서 매일 글 쓰고 있었어요?"

"네, 바다도 보이고 여기 좋죠? 오빠, 웬일이세요?"

"아니, 그냥 이거 좀 주려고."

그의 얼굴은 평소와 다르게 상기되어 있었고 눈 밑이 파르르 떨릴 정도로 긴장하고 있었다. 영문을 모르는 내게 그는 편지 봉투와 쇼핑백을 건넸다.

"밥 꼭 챙겨 먹어요!"

내 손에 그것들을 꼭 쥐여주고는 그는 서둘러서 떠났다. 예상치 못한 전개에 놀라 쇼핑백을 열어보니 케이크와 마카롱 같은 간식들이 잔뜩 들어있었다. 당황한 얼굴로 자리에 앉아 편지 봉투를 조심스럽게 뜯었다. 그 안에 담긴 세 장의 편지 내용을 요약하자면 이러했다.

소은이의 사람을 위로할 줄 아는 마음과 진심 어린 밝은 미소는 마치 제주도의 눈부신 파도 같다고 느꼈지요. 그래서 어느 순간부터 설렜고 궁금해졌어요. 또 어떤 다른 이야기가 있는 사람인지 더욱 알고 싶어졌어요. 이제 저는 모레 아침에 제주를 떠나 다시 서울로 돌아가야 하는데, 이 마음을 드러내지 못하고 떠난다면 후회할 것만 같아 용기를 내서 적어봅니다. 내일 하루만 제게 내어줄 수 있다면 그보다 좋은 일은 없을 것 같아요. 연락 기다릴게요. 천천히 답해줘도 괜찮아요.

-쏜-

늘 장난기 가득하던 그가 나에게 호감을 느끼고 있다는 사실보다도, 전문적인 글만 썼을 사람이 비유가 가득한 시적인 글을 썼다는 게 놀라웠다. 카페 자리에 앉아 지난 시간 나를 대했던 그의 얼굴을 새삼 돌이켜보았다. 그와 나는 나이 차이가 나는 편이었는데 그래서 나는 더 그에게 편하게 의지하곤 했다. 너무 편해서인지 더욱 쏜을 이성적으로 생각해 본 적이 없었지만, 또 그라는 사람이 가진 사려 깊은 에너지는 누구보다 좋아했던 터라 고민이 깊어졌다. 어떻게 하지, 한참 생각을 하다가 그에게 문자를 보냈다.

- 내일 제주도에 놀러 온 친구들이 점심에 요리해준다고 초대했어요. 같이 갈래요?

바로 답장이 왔다.

- 좋아요. 과일이랑 마실 건 내가 사 갈게요.

마침 내가 머무는 제주 서남쪽인 대정읍과는 거리가 있는 금능 쪽에 함께 글쓰기 모임을 함께 진행하는 친구

둘이 와있다는 연락을 받은 차였다. 요리와 책을 좋아하는 친구들이었는데 여름휴가 동안 현지인처럼 삼시 세끼 요리를 해 먹고 그 내용을 책으로 쓴다고 했다. 쏜이 내어 달라 했던 내일 하루는 그 친구네 숙소에 가서 점심을 먹기로 했던 날이었다. 무작정 쏜을 초대하기 전에 친구에게 전화를 걸어 자초지종을 설명하니 좋다고 했다. 남는 음식이 많으니 누군가가 와서 기꺼이 먹어주면 좋겠다고.

그날 밤엔 쉽게 잠들지 못했다. 나는 편지라는 수단으로 마음을 전하고 전달받는 것을 좋아한다. 열심히 생각한 단어들로 꼭꼭 눌러 담은 진심이 얼마나 값지며 소중한지 알기에. 누군가 나도 모르는 사이에 나를 생각하며 쓴 편지엔 내가 알지 못한 많은 순간이 담겨있을 테였다. 그 또한 그랬으리라. 한편으로는 고마운 마음 뒤로 이유 모를 두려움이 스며들었다.

내가 편지를 자주 써주던 사람들을 떠올려 봤을때, 이제는 볼 수 없는 사람들도 있었다. 사랑을 속삭이는 다양한 표현을 고민하며 느리게 적은 글자는 내가 사랑하고 있지 않을 때는 절대 쓸 수 없는 문장이 되었다. 사랑하는 자의 글은 달았고 싱그러웠으며 두 사람이 서로를 순수하게 좋아하고 점점 사랑하게 되는 시간은 아름다웠다. 하지만 그 뜨거운 순간의 끝자락은 시간이 지나면서 어느새 천천히 식다가 마치 없던 일처럼 아득해졌다. 아름답지만은 않던 다툼과 사랑의 크기를 재단하며 실망하던 시간들. 그 애달프고 쓸쓸한 감정을 다시금 생각하면 울컥하는 마음에 나는 두 눈을 꼭 감았다. 아직 마음을 다해 사랑하고 성숙하게 이별하는 일에 서툰 나로 인해 혹여나 그가 상처라도 받지는 않을까 걱정스럽기도 한 그런 밤이 지났다.

날이 밝아 약속한 시간이 되었다. 같은 지붕 아래에 친한 사람들과 함께 지내고 있던 우리는 괜한 오해 아닌 오해를 받기 싫어 미션 임파서블처럼 몰래 나가자고 문자로 합의했다. 쏜이 먼저 나가 좀 떨어진 곳으로 가 차 안에서 대기하고 있으면 내가 나가서 잽싸게 타는 것이었다. 그런 계획을 되새기며 그가 나가길 기다리고 있는데 헤나 언니가 날 불러 세웠다.

"오늘은 예쁘게 하고 어디 가? 글 쓰러 가는 거 맞아?"

"당연하죠, 언니."

"쏜 오빠도 엄청 차려입었네! 오늘? 어디 가?"

거실에 모여 있던 숙소 사람들의 시선이 우리에게로 모였다. 제주에 오고 나서 편하게만 입고 다녀서 그런지 조금만 신경 써도 확 티가 나는 모양이었다. 거짓말을 못 하는 나는 글을 쓸 거라며 말을 더듬었고, 쏜은 지인이 제주에 와서 점심을 먹고 오기로 했다고 둘러댔다.

"둘이 나만 빼고 어디 가는 거 아니지?"

언니의 눈치는 백 단이었다. 늘 장난만 치던 우리가 갑자기 서로 어색해하는 이상한 기류를 느낀 것인지 계속해서 추궁했다. 결국, 쏜은 약속 시간이 됐다며 먼저 나갔고 나는 그녀의 심문을 이십 분 정도 더 받다가 탈출할 수 있었다.

"간신히 나왔어요!"

"고생했어요. 어디로 가면 돼요?"

우린 조금 어색한 채로, 그리고 그 어색함을 애써 외면한 채 금능으로 갔다. 편지 이야기를 꺼내는 순간 그 어색함이 걷잡을 수 없을 것만 같아 약속이라도 한 듯 둘 다 꺼내지 않았다. 늘 함께 있으면 우스갯소리를 하느라 시끄럽던 우리는 낯설게도 조심스러웠다.

친구들은 용하게도 본인이 쓰려는 요리책과 너무 잘

어울리는 전원주택을 구해서 묵고 있었다. 마당에는 길고양이들이 드러누워 낮잠을 자고 있고 한쪽 마당에는 귤들이 자라고 있는 정말 제주다운 집. 갈비찜과 보쌈에 직접 무친 겉절이까지 한 상 가득 차려져 있었다. 쏜이 빈손으로 갈 수 없다며 사 온 과일과 화이트 와인도 옆에 놓여 있었다.

"소은아, 제주도에서 보니 좋다! 얼른 와서 먹어."

"와, 너무 맛있겠다. 준비하느라 힘들었겠어, 잘 먹겠습니다!"

서울에서 보던 친구들을 제주에서 보니 쏜과의 어색함도 잊은 채 반가워 들떴다. 식사를 하면서 1100고지에서 있었던 안개 사건을 이야기해주니 다들 박장대소했다. 나는 아직도 그때를 생각하면 아득하니 무서운데 이게 웃을 일이냐 물으니, 놀이기구도 잘 타지 못하는 내가 워낙 겁이 많아서 더 극적으로 느낀 것일 거라고 했다. 그럴 리 없는데, 정말 죽을 뻔했단 말이야, 라고 우겨도 그저 웃기만 할 뿐이었다. 내 생각에 그들은 심각한 안전불감증인 것 같았다.

원체 사람을 잘 챙기는 다정한 쏜은 금방 내 친구들과도 친해졌다. 밥을 다 먹고 우리는 그가 겪었던 황당했던 재판 에피소드를 듣기도 하고 앞으로 쓸 책 이야기를 나눴다. 그리고 금능 해수욕장에 가서 산책하다가 바다를 배경으로 서로의 사진을 찍어준 뒤, 근처 작은 책방 옆에 있는 아기자기한 소품 가게에 갔다. 예쁜 장신구부터 소소한 물건들까지 있는, 달콤한 향이 기억에 남는 곳이었다.

"이거 너무 귀엽다. 사진 찍어줘."

친구는 한라봉 모양 캔들을 들고 나에게 말했다. 사진을 찍어주고 있는데 쏜이 계산대 쪽에서 뭔가를 사고 있는 게 보였다.

"오빠, 뭐 사요?"

그의 곁에 다가가 묻자 그는 싱긋, 미소 지었다.

"그냥 우리 아빠 선물 사요."

"아빠 선물을 여기서 사요?"

"아빠가 한라봉 좋아하셔서."

포장지 부피가 작은 걸 봐서는 한라봉 캔들은 아니었지만, 워낙 장난기가 많은 사람이라 그러려니 하고 소품 가게를 나왔다. 친구들과 헤어질 시간이 되자, 서울에서 곧 보자는 말을 하고는 쏜과 나는 바다가 보이는 한적한 카페에 갔다. 제주에 머무는 동안 하루에 정해진 분량은 꼭 쓰자는 약속을 지키기 위해서였다. 그는 방해되지 않겠다며 멀리 따로 떨어져 앉았다. 난 눈을 감고 크게 숨을 내쉬며 일주일 전 제주에서 만난 사람들과 감정을 떠올리며 글에 담았다. 그 정도의 시간이 지나면 많은 사건 중에 내가 기억하고 싶은, 기억에 남는 일들만 마음속에 남았다. 집중해서 그 점들을 일정하게 따라가다 보면 내가 좋아하는 글이 되곤 했다.

쏜은 제주에서도 일을 했다. 사무실에 걸려왔던 밀린 의뢰 건들을 처리했고 일정이 잡힌 재판을 준비하는 듯했다. 내 뒤에 있는 테이블에 앉아 있어 뭘 하는지 자세히 보진 못했지만, 늘 나를 편안하게 해 주려는 그의 배려 덕분에 글에 집중할 수 있었다. 세 시간이 넘게 일어나지도 않고 글을 쓰다가 화장실에 다녀온 사이 앉아있던 책상에 뭔가 놓여있었다. 자세히 보니 아까 소품 가게에서 본 낯익은 포장지였다. 쏜이 두고 간 게 분명한 그것을 뜯어보니 작은 팔찌가 들어있었다. 돌고래 모양 펜던트와 소라색 구슬이 세 개 달린, 마법처럼 소원을 이뤄준다는 실 팔찌. 뒤를 돌아보니 그는 어디 간 것인지 없었다. 아빠 선물이라던 그의 말이 생각나 나도 모르게 배시시 웃음이 새어 나왔다.

"밥 먹으러 갈까요?"

어딘가 다녀온 쏜이 내게 말했을 때 난 손목에 찬 돌고래 팔찌를 보여주었다.

"짠."

"잘 어울린다. 제주에 있을 땐 차고 다녀줘요."

"서울 가서도 찰 건데요? 고마워요."

그는 고개를 끄덕였다. 나를 보는 그의 눈이 반짝이고 있었다.

"배고프죠? 흑돼지 먹을래요? 아니면 회 먹을래요?"

"음, 둘 다 좋아하는데 고민된다."

유난히 결정을 힘들어하는 내가 열심히 고민하자, 그는 내 머리를 쓰다듬으며 말했다.

"그럴 줄 알고 둘 다 있는 곳으로 예약해 뒀지."

이미 어딘가를 예약해 놓고 물어본 것이었다. 우리는 한참 웃고는 차에 탔다. 오늘의 글 분량을 끝냈다는 뿌듯함과 조금은 풀어진 둘 사이의 분위기, 그리고 창밖에 지고 있는 노을은 서로가 좀 더 깊은 이야기를 꺼낼 수 있게 했다. 그는 자신이 편지를 쓰기까지 얼마나 고민했는지, 그리고 얼마나 조심스러웠는지를 떨리는 목소리로 얘기했다. 얼마 보진 못했지만 나를 보면 웃음이 나고 행복해진다고 말했다. 하지만 나이 차이도 꽤 나고 아직 알게 된 지도 얼마 안 된 상태에서 일방적으로 표현하면 부담스러워하지 않을까하고 수없이 걱정했다고 했다. 그런 그의 진솔한 표현에 나는 많은 생각이 들었다.

제주에 도착했을 때 나는 사실 이전 연인과 헤어진 지 오래되지 않은 상태였다. 사실 나는 정이 많고 서투른 편이라 누군가와 헤어지기까지 시간이 오래 걸렸고 이전 연애에서는 그 정도가 특히나 심했다. 그래서 주변에서는 나를 자주 미련하다고 표현했다. 쉽게 만나고 쉽게 헤어지는 그런 세상에서 너 혼자만 왜 그렇게 오래 아파하냐고 질책하기도 했다. 나를 아끼는 마음에 하는 말들이었다는 것을 알고 있기에 그저 나는 이제 괜찮다고만 대답했다. 하지만 나는 아무리 애써도 어쩔 수 없이 느리고 느리게 사랑하는 사람이었다. 누군가를 사랑하는 데에도 많은 기억과 감정이 쌓여야만 가능했고 누군가를 잊는 일도 다를 바가 없었다.

이제는 내가 그대의 삶에 관여하지 않겠다는 말은 곧 그대를 나의 삶에서 통째로 내보는 일과도 같다. 나에게 가장 중요하던 사람이 더는 나와 상관없는 타인이 되는 일은 한때 사랑으로 물든 일상을 상실의 폐허로 곧바로 탈바꿈하고는 했다. 마음의 한 부분을 오랜 시간 소중하게 차지했던 사람을 떼어내면 진한 흉터가 남기에, 사랑의 유효기간이 한참 지났다 하더라도 많은 순간 그대가 나의 일부 그 자체였음은 틀림없기에 찢어지도록 아픈 일이었다. 그 흉터를 안고도 태연하게 또다시 다른 사람에게 마음을 줄 수 있을까? 언젠가 다시 공터가 되어버릴지도 모르는 여정을 시작하기에 겁이 났고 더 이상의 상실을 감당하기가 버거웠다.

 당분간은 누군가를 그 공간에 들이지 말아야겠다는 생각이 있던 와중에 쏜의 마음을 선뜻 받아들이기가 어려웠다. 이런 일종의 못난 자기방어는 나 자신도 무척이나 싫어하는 것이지만, 나의 틀림없는 일부였기에 부인할 수도 없었다. 그에게 내 상태를 솔직하게 말해야겠다는 생각에 나 또한 생각들을 얘기했다. 당신처럼 좋은 사람이 나를 생각해준다는 것이 고맙지만, 누군가 만날 준비가 되었는지 스스로 물었을 때는 확신이 없다고 말했다. 앞뒤 없이 주절대는 나의 말을 가만히 듣고 있던 그는 그저 이해한다고 대답했다. 그저 제주에서든 서울에 돌아가서든 의지가 되는 사람으로 나를 응원하며 오래

보며 지내고 싶다고 했다. 그 말이 뭐라고 표현할 수 없을 정도로 고마웠다. 몸만 커버린 서투른 아이 같은 나를 이해해주는 사람이 있다는 것은 내가 유난스럽지 않다고 말해주는 것만 같았다.

식사를 마치고 우리는 캄캄해진 밤하늘 아래 주홍빛 조명이 켜진 길을 한참 동안 걷다가 차에 탔다. 숙소로 돌아갈 시간이었다.

"우리 아빠가 여자한테 편지를 줄 때는 꼭 이걸 같이 주라고 했는데 어제 편지 주면서 차마 같이 못 준 게 있어요."

"그게 뭐예요?"

그는 차 뒷좌석에 손을 뻗어 내게 꽃 한 다발을 건넸다. 은은하게 피어난 연분홍색 리시안셔스. 아까 글을 쓰고 있는 동안에 제주 시내에 가서 산 것이라고 했다. 전혀 예상하지 못한 일들의 연속이었다. 어제부터 그에게 받은 것들이 떠올랐다. 세 장의 진심이 담긴 편지, 돌고래 모양 팔찌와 황홀한 저녁 그리고 꽃다발까지.

"너무 고마워요. 근데 이렇게 매번 받기만 해도 될지 모르겠어요."

"소은이가 준 행복에 비하면 아무것도 아니에요. 나야

말로 고마워요."

꽃 한 송이처럼 붉어진 그의 옆모습을 바라보았다. 참
순수하고 투명한 사람이었다. 다음 날, 우린 제주에서의
마지막 인사를 고하며 헤어졌다. 서울에서 또 보자고 약
속하고는. 다시 달디 단 감정을 담은 문장을 쓰게 해준
그에게 하고 싶은 말이 있다.

고마워요. 그대가 있어 내 기억의 한 구석은 찬란해
졌습니다.

그의 고양이와

사랑에 빠졌다.

그의 고양이와 사랑에 빠졌다. 그것이 알게 된 지 얼마 되지 않은 남자와 동거를 시작한 이유였다. 이 명백하지만, 어딘가 이상한 인과관계의 진위에 관해 묻는다면 답해 줄 수 있는 것은 많지 않다. 그저 그의 고양이와 매일 같이 있고 싶은 마음뿐이었다. 굳이 그럴듯한 변명을 찾자면 다른 이유도 있었다. 우리는 각자 독립해서 얻은 집에 이중으로 월세를 내고 있었기 때문에 그 집들을 처분하고 살림을 합치는 건 상당히 합리적인 선택이었다. 만난 지 넉 달 정도 되었을 때 같이 지내는 건 어떻겠냐는 그의 제안에 나는 흔쾌히 동의했다. 그리고 그에게 말은 하지 않았지만 내 동의의 대부분은 경제적인 합리성

보다도 그의 고양이 루루를 곁에 두고 매일 볼 수 있다는 기대였다. 그렇게 우리 셋은 한집에서 같이 살기로 했다.

따로 살고 있던 두 집 모두 고작 비좁은 방 한 칸이었기에 한 뼘 만한 거실이라도 있는 빌라로 옮기기로 했다. 시간을 내서 그와 나의 직장 그 사이에 있는 동네들을 함께 돌아다녔다. 어떤 집은 넓은데 해가 전혀 들지 않기도 했고, 어떤 집은 채광이 좋은데 물이 시원치 않게 나오기도 했다. 그 어떤 집도 완벽하지 않았지만, 결국 적당한 한 곳을 선택했다. 넉살 좋은 부동산 아주머니가 전세 계약서를 건넬 때 우리에게 물었다. 1년 계약이냐고. 혹은 2년이냐고, 3년이냐고. 그 계약 기간이 마치 우리의 동거 기간처럼 들린 것은 나뿐이었을까. 결국, 우리는 약속이라도 한 듯이 안전하게 1년을 선택했다. 다른 더 좋은 집으로 가고 싶어질 수도 있고, 우리 사이가 깊어져 다른 미래를 그리게 될 수도 있다는 긍정적인 평계들을 읊조리면서.

이사하는 날 짐을 옮기기 시작했다. 처음엔 그저 신났던 마음이 점점 불어나는 것만 같은 짐을 나르다 보니 수심 깊이 내려앉았다. 우리가 헤어진다면 이 옷가지들과 소파와 침대를 다시 가지고 나가야 하는 건가. 둘 중에 누가 나가야 하는 거지. 전세 대출을 꼈지만 그나마 나머지 보증금조차 그의 돈이 더 많이 들어갔으니 아마 내가 나가야 하는 쪽일 테지. 잠시 그날을 상상해보니 괜스레 회의감이 몰려왔다. 과거에 내가 한 선택의 대가가 미래의 내가 감당할만한 무게인가에 대한 것이었다. 하지만 이내 마음을 가다듬고 눈앞에 쌓인 짐을 직시한 나는 현실을 인정하기로 하고 나머지 짐을 조용히 풀었다. 대충 정리가 끝나자 집을 둘러보았다. 누군가 살았던 흔적이 가득해 군데군데 찢어진 벽지는 도배하는 대신에 큰 포스터를 붙여서 가렸다. 우리만의 공간일 줄 알았던 거실에는 이 층짜리 캣타워와 고양이의 화장실이 대부분을 차지했다. 그 시작의 공간엔 달콤한 환상 대신 시큼한 모래 냄새가 풍겼다.

밤이 되자 잠든 그의 등을 응시하던 나는 그와 처음 만난 날을 떠올렸다. 친구의 회사 동료가 참 괜찮다며 만나보라고 해서 나간 자리. 혼기가 찬 남녀에겐 이런 제안은 일상처럼 만연했고 나는 별다른 기대가 없었다. 그가 예약했다며 알려준 큰 통유리창에 햇살이 가득 들어오던 새하얀 레스토랑에 들어설 때도 주차장이 참 크다는 생각뿐이었다. 자리에 앉아 먼저 도착해 있던 그에게 어색한 인사를 건네고 통성명을 했다. 나는 전복 내장을 졸여서 만든 파스타를 먹었고 그는 홍합이 가득 들어 있는 리소토를 숟가락으로 뒤적였다. 으깬 토마토로 졸인 홍합이 잘 까지지 않아 고군분투하는 모습이었다.

여기 음식 맛있네요. 그러게요. 입에 맞으세요? 네. 홍합이 참 먹기 힘든가 봐요. 그렇네요.

그리고 정적이었다. 다시 떠올려도 그곳에 아무런 특별한 기억은 없었다. 이어졌던 지극히 뻔한 물음과 답변은 그 누구와도 나눌 수 있는 것이었다. 나를 지그시 바라보는 그의 모습을 떠올리면 어떤 인상 깊은 표정이나 얼굴이 그려지지 않았다. 그저 단정한 매무새와 차분한 말투, 그게 전부였다. 우리는 값비싼 음식과 어울리지 않게 쫓기는 것처럼 서둘러 식사를 마쳤다. 자신의 차로 이동해 근처 카페라도 가서 커피라도 한잔하자는 그의 말에 거절할 이유는 또 딱히 없어 알겠다고 했다. 그리고 주차장에 있는 그의 낡은 세단에서 난 그의 고양이를 처음 만났다. 차 문을 열자마자 사랑스럽고 보드라운 생명체의 동그란 눈동자가 나와 눈을 맞췄다. 그리고 나를 보며 야옹, 하고 울었다.

웬 고양이예요? 제가 키우는 고양이인데 좀 별나서 집에 혼자 있는 걸 싫어해요. 이름이 뭐예요? 루루요. 스코티쉬 폴드예요. 우와. 이름이 루루구나.

살면서 그렇게 투명한 존재를 본 것은 처음이었다. 귀가 반쯤 접힌 루루는 도도함을 뽐내는 보통의 고양이들과는 한참 달랐다. 산책을 좋아하고 차를 타고 바깥 구경을 하는 것을 즐겼다. 그리고 모든 스쳐 지나가는 사람에게 애정을 쏟는 게 습관이었다. 나는 그 누구든 그런 루루를 보면 사랑에 빠지지 않고 못 배길 것이라고 확신했다. 루루의 보드라운 연회색 빛 털과 바람을 쐬고는 기분이 좋아 그르렁대는 소리, 동그란 발끝과 연분홍색 촉촉한 콧방울과 마주하니 이름 모를 행복에 젖었다. 집에 바래다주겠다며 태운 차에서 루루를 처음 대면한 순간 나는 그가 아닌 그의 고양이에게 사랑에 빠지고 만 것이다.

그날 이후 루루가 보고 싶어 그와 만남에 응했다. 그와 눈을 마주치고 호흡을 섞는 일보다 루루를 쓰다듬는 일이 더 포근했다. 그가 널 데리러 올 때면 나는 루루도 동행하는 거냐고 반드시 물었다. 서로를 탐색해야 하는 만남의 자리는 루루에 대한 이야기로 대신 채워졌다. 그래서 아마 그에게 내 이런 마음을 전부 들켰을지도 모르겠다. 그는 나의 진짜 미소를 자신을 대면할 때가 아닌 고양이를 바라보는 표정에서 훔쳐볼 수 있었을 수도 모른다.

하지만 어쩔 수 없었다. 나는 그의 어떤 구석을 절실하게 사랑해야 하는지 찾을 수 없게 되었으니까. 나이를 먹으며 사랑에 대한 찬양과 이별의 절절함에 신물이 난 탓인지도 몰랐다. 그래서 난 애초에 그가 어떤 사람인지 판단하고 재려고 들지 않았다. 바라는 게 없으니 우리 사이는 더없이 간편해졌다. 그에 대해서 생각할 시간에 대신 루루와 놀아주고 간식을 사주며 예뻐했다. 루루의 맑은 눈망울을 보고 있자면 이 세상 근심 모두가 사라지는 듯했다. 적어도 루루는 한 겹의 속지조차 없는 투명하며 사랑을 그대로 주면 여과 없이 그대로 받을 수 있는 그런 생명체니까.

우리의 동거는 그렇게 끽끽 대는 바퀴처럼 간신히 굴러갔다. 그래도 굴러가는 것에 의의를 두면서. 먼저 일어나는 내가 시리얼을 우유에 말고 토스트를 구우면 그는 소란스러운 소리를 알람시계 삼아 일어났다. 부스스한 차림으로 서로 눈도 잘 마주치지 않으며 몇 마디 나누지 않는 아침을 함께 먹었다.

오늘은 회사 일 바쁠 것 같아? 아니, 괜찮아. 그래, 비 온 다더라. 그래? 우산 챙겨. 데려다줘? 아냐, 괜찮아. 그래.

집 밖을 나가면 나는 출판사에서 책을 유통했고 그는 반도체 하도급 회사에서 부품을 만들었다. 그렇게 다른 서로의 일과를 보내고 저녁에 돌아오는 것 또한 보통 내가 먼저였다. 루루가 보고 싶은 마음에 집에 한걸음에 달려와 루루와 뺨을 비비고 껴안기에 집중하다 보면 그가 천천히 도어락에 띡띡 번호를 입력하는 소리가 들렸다. 우리는 눈인사를 하고 곧바로 TV를 켰다. 뭘 시켜 먹을지 배달 앱을 뒤적이다가 그날 꽂히는 것을 시키고는 채널을 돌렸다. 그는 야구를 좋아하고 나는 예능 프로그램을 좋아했지만, 특별한 경기가 아니면 그는 내가 하고 싶은 대로 놔두는 편이었다. 우리의 적막은 연예인들의 웃음소리와 루루의 울음소리로 덮이곤 했다.

잘 때도 서로 살을 맞대는 시간은 관계하는 시간만이

전부였다. 그 시간조차도 우리는 열정이 넘치진 않았다. 몇 번의 거친 숨소리와 몸짓, 익숙한 뒤처리가 반복되었다. 혹시 모를 당혹스러운 상황에 대비해 피임을 확실히 했고, 피곤하다며 입 한번 맞추지 않고 그냥 잠드는 날이 점점 더 많아졌다. 관계가 끝나면 서로를 품에 안거나 혹은 안기지 않았다. 하루 동안 어떤 일이 있었는지, 어떤 책이 혹은 어느 부품이 혹은 어떤 사람이 우릴 괴롭게 했는지에 대해 잠시 얘기를 나누다가 이내 불을 끄고 잠을 청했다. 잠드는 자세가 불편하면 서로 등을 돌렸다. 나는 그 대신 루루를 껴안았다. 루루의 작고도 따뜻한 온기가 주는 안도감, 그게 편안했다.

주말엔 날을 잡고 장을 보거나 생활비나 수도세, 관리비 같은 것을 정산해서 반반 딱 알맞게 나누었다. 가계부를 열심히 쓰고 있는 나를 물끄러미 보던 그는 좀 더 버는 자신이 더 내겠다고 했지만, 그나 나나 이백 조금 넘는 월급이 매달 꽂히는 건 마찬가지인 걸 같이 살다 보니 자연스럽게 알게 되었다. 나는 됐어, 괜찮아, 오늘은 뭘 해 먹을까? 라며 말을 돌리기 일쑤였다. 그렇게 애써 궁금해하거나 묻지 않고 자연스럽게 알게 되는 사이, 그게 우리였다.

***

그렇게 처음 계약했던 일 년의 대부분은 지나가 사계절은 평온히 흘러갔다. 특별한 계획 없이 집에 오면 당연히 연인이 있는 삶은 나쁘지 않았다. 오히려 구질구질한 그 어떤 관계보다도 괜찮은 편이었다. 결혼이라는 위험도가 높은 계약 없이 육체든 정신이든 그 어떤 것의 외로움 일부는 의지할 수 있는 이 생활에 나는 나름대로 만족하고 있었다. 무엇보다 루루가 있지 않은가. 집에 오면 반겨주고 대가 없는 사랑을 베풀어주는 이 녀석의 주인인 그에게 나는 큰 불만이 없었다. 이렇게 일 년 동안 함께 지내면서 우리에겐 어떤 규칙이 자연스럽게 생겨났다. 청소는 주말에 번갈아 가면서 한다, 친구들이나 가족들에겐 동성인 친구와 함께 살고 있다고 말한다, 그리고 무엇보다 서로에게 깊은 질문은 하지 않고 절대적으로 선을 지킨다는 우리의 암묵적인 약속을 깬 것은 그였다.

주말 아침 겸 점심으로 뭘 먹을까 고민하며 루루를 빗질해주고 있던 그때 그가 침실을 나와서는 짐짓 낮은 목소리로 말을 걸었다.

"서현아."

나는 그에게 시선도 주지 않은 채 반사적으로 대답했다.

"응?"

"오늘 우리 밖에서 데이트할까?"

"집 놔두고 갑자기 왜?"

일억 오천짜리 전세 대출 이자가 실시간으로 깨지는 집을 놔두고 새삼스럽게 무슨 데이트 타령이냐는 생각에 루루에게 간신히 눈을 떼고 그를 쳐다보았다. 인상을 쓰고 있는 그의 얼굴은 전과 다르게 심각해 보였다.

"무슨 일 있어? 왜 그래. 아파?"

나는 루루를 내려놓고는 그에게 물 한 잔을 건넸다. 그는 컵을 받아 들고 텅 빈 눈으로 생각에 잠기더니 이내 대답했다.

"아니, 우리 이제 같이 산 지 일 년이 다 되어가잖아."

"응. 근데?"

"근데."

"응."

"아직도 너를 하나도 모르는 것 같아."

"…."

잠시 또 익숙한 적막이 흘렀다. 어떤 기시감이 스쳤다. 어쩌면 나는 이런 상황을 예상해왔는지도 모르겠다. 나와 함께하는 상대를 알아야만 하겠다는 한쪽의 욕심이 커져 버려, 균형은 깨지고 다시 서로의 깊숙한 그 안까지 소유해야만 하는 인간의 습성. 그게 누가 먼저든 간에 언젠가는 이런 일이 일어날 줄 알았던 것 같았다. 생각을 정리한 나는 침착하게 말했다.

"나도 날 모르는데."

"…."

"그래. 오늘 밖에서 밥 먹자. 오는 길에 장도 보고."

그는 대답이 없었다. 그런 그를 두고 나는 옷을 껴입고 장갑을 꼈다. 목도리를 두르고 부츠를 신었다. 매일 집에서의 편한 차림과는 사뭇 달랐다. 그리고 자연스러운 순서인 것 마냥 루루를 이동용 가방에 담아 챙기려는데 그의 시선이 느껴졌다. 결국, 이번에도 또 루루를 데려가겠다는 심산인 거냐는 차가운 눈빛. 그것을 알고 있음에도 나는 애써 모른 척하고는 루루를 가방에 밀어 넣고 사료와 물을 챙겨댔다. 어느새 가볍던 내 두 손이 잔뜩 무거워졌다. 그는 현관 앞 쓰레기통에 있던 종량제 봉투에 꽉 채워진 쓰레기 더미를 들고 먼저 문을 쾅 닫고 나가버렸고 난 그 뒤를 쫓았다.

"고양이 좀, 오늘은 안 데려가면 안 될까?"

차의 뒷자리에 루루를 태우려고 할 때 그가 말했다.

"왜? 루루 심심하잖아."

"반나절 정도는 괜찮아. 루루도 고양이잖아. 혼자 있는 것도 좋아해."

"아니야. 평일 낮에 혼자 두는 것도 미안한데."

"넌, 정말⋯."

그가 작게 한숨을 내쉬는 것을 들었지만 모른 척했다. 사실 내가 루루를 기필코 데려가려는 이유는 다른 데에 있었다. 루루 없이 그와 단둘이 대면하는 시간이 가시가 돋친 것처럼 까끌거렸다. 지난 시간 동안 우리 사이에 루루가 부재했던 적이 없었다. 할 말이 없을 때 사랑스러운 루루 이야기를 꺼내면 금방 대화는 유연해졌고 이미 그것에 익숙해졌는데, 오늘따라 남다른 그의 표정과 말투에 루루까지 없다면 견딜 수 없을 것만 같았다.

기껏해야 도착한 곳은 차로 십분 정도 거리에 있는 테라스가 큰 레스토랑이었다. 우리가 처음 만난 장소와 비슷하게 생긴 곳이었다. 그는 식당 앞 주차장에 차를 세웠고 나는 안전벨트를 풀었다. 애완동물 출입이 불가한 장소라 루루는 잠시 차에 두기로 해서 사료를 챙겨주었다.
루루를 한번 쓰다듬고 콧방울에 입을 맞추었다. 그 순간
에도 그는 그저 나를 무뚝뚝한 얼굴로 바라만 보고 있었
다. 머쓱해진 나는 그를 처음 만나던 날보다 왠지 더 어
색한 채로 식당에 들어갔다. 진지한 그의 태도가 낯설어
물만 마시다가 나는 먼저 입을 열었다.

"집 근처에 이런 데가 있는 줄도 몰랐네."

"그러게."

"사람 되게 많다."

"응."

"뭐 먹지?"

"너 먹고 싶은 것 시켜."

또다시 정적. 주문을 하고 음식이 나오는 그 시간 동
안 그는 아무런 말도 하지 않았다. 내 말에도 응, 아니,
단 두 가지 대답밖에 하지 않았다. 애써 노력하던 나는
이내 포기하고 먹음직스러운 파스타를 포크에 돌돌 말아
먹는 데에 한참 집중하고 있는데 그가 직원을 불러 와인
한 병을 시켜 붉은 액체를 잔에 넘치도록 가득 따랐다.
난 이유 모를 회의가 드리운 그의 얼굴을 말없이 지켜보
고 있었다.

"운전은?"

"대리 부르지 뭐."

십 분 거리인데 아깝지 않아? 술 마실 거면 집에 들어가서 마시지, 라는 말을 애써 삼키고는 나는 다시 파스타 면으로 시선을 옮겼다. 생활비를 아낀다고 외식을 잘 하지 않아 일 년 전 소개팅 이후로 처음 마주하는 유의 음식이었다. 그는 와인 한 잔을 단숨에 들이켜고는 금방 붉어진 얼굴로 입을 열었다. 원래 술은 좋아하지도 잘하지도 못하는 사람이었다.

"서현아."

"응."

"우리 결혼할까?"

"뭐?"

나는 못 들을 것을 들은 것처럼 놀라 대답했고 그는 큰 한숨을 내쉬고 말했다. 세상에서 가장 자기 자신이 한심하다는 듯한 말투였다.

"결혼하자고."

"갑자기 왜?"

"나이 먹어서 결혼하지 않을 거면 같이 왜 살았어? 일 년씩이나."

영문을 모르겠는 갑작스러운 이야기였다. 나는 곧바로 반문했다.

"결혼이 우리 관계의 종착점이어야 하는 이유가 뭔데. 지금도 충분히 좋잖아."

"넌 내가 왜 필요해? 아니, 필요하긴 해?"

"그게 무슨 소리야?"

그의 목소리는 잔뜩 떨렸고 얼굴만이 아니라 눈가까지 서서히 붉어졌다. 그 표정을 마주한 나는 더없이 당혹스러웠다. 잘 굴러가고 있는 관계인 줄 알았는데 어디서부터인가 틀어졌었구나, 라는 생각과 함께 마음을 가다듬고 차분히 얘기했다. 그러면 곧잘 알아듣던 사람이었으니까.

"잘 지내다가 오늘 갑자기 왜 이래, 무슨 일 있어?"

"갑자기가 아니야. 너랑 지내는 순간 동안 난⋯ 한순간도 편하지가 않았어."

"⋯."

"단 한 순간도 말이야."

"⋯."

"너 내 눈을 한 번도 들여다본 적 없는 거 알아? 네가 진심을 다하지 않는다는 것, 나는 다 느끼고 있었어. 네 마음에 벽이 있으니 진심으로 사랑받지 못하는 거야."

"방금 한 말 진심이야?"

"…."

"내가 왜 사랑받아야 하는데? 난 그런 거 구걸한 적 없어."

언성이 높아진 나는 자리를 박차고 일어나 걸쳐 있던 외투를 거칠게 들고는 가게를 뛰쳐나왔다. 왜 눈물이 나오는지 이유를 알 수 없었다. 창가에 비친 그를 보니 웅크린 채로 머리를 싸매고 있었다. 가게 마당 주차장에 있는 차 쪽으로 가니 루루와 선팅된 유리를 통해 눈이 마주쳤다. 루루는 나를 보고 여기서 꺼내 달라는 듯 낑낑대고 있었다. 나는 차에 다가가 루루가 있는 창에 똑똑 문을 두드리곤 말했다.

"루루야."

냐옹 하는 대답이 들렸다.

"난 이런 날이 올 줄 알고 있었던 것만 같아."

밖엔 함박눈이 소복이 쌓여 있었다. 거센 바람은 살갗을 베일 듯이 불어와 외투 속 구석구석까지 침투했다. 서러운 마음마저 얼려버릴 듯한 날씨에도 아랑곳하지 않고 난 집까지 걸어갔다. 귀가 꽁꽁 얼어 아무 촉각도 느껴지지 않았고, 두 발은 눈이 가득 쌓인 눈길에 폭폭 발자국을 새겼다. 집에 도착해서 감각을 잃은 두 발을 부츠에서 꺼내고 거실 소파에 앉아 집 안을 둘러보았다. 언젠간 이 집에서 짐을 싸게 될 줄은 알았지만 그 날이 오늘인 줄은 몰랐다. 이런 게 늘 이별이 나에게 닥치는 방식이었고, 난 그 이기적인 방식이 한 번도 달가웠던 적이 없었다.

큰 여행용 가방에 대충 자잘한 짐이라도 챙겨 두려고 방으로 갔다. 문을 열어보니 침대 수납장 깊은 한 편에 숨겨두었던 내 일기장이 책상 위에 훤히 펼쳐져 있었다. 그가 열어본 것이 분명했다. 이것 때문에 오늘 그렇게 평소와 달랐구나, 깨달으니 속이라도 시원했다. 덜컥거리는 의자에 앉아 그 두꺼운 일기장을 첫 페이지부터 읽기 시작했다. 그 많은 사연과 인연 중에 단 하나라도 그에 관한 이야기는 없었다. 최근 일 년의 대부분은 루루에 대한 것이었다. 이외에도 놀러 갔던 수족관 속 돌고래 이야기나 맛있었던 요리에 대한 에피소드도 있었는데 정작 그에 관한 이야기는 단 하나도 없다니. 애써 기록하지 않았던 것일까? 괜히 서러워진 나는 그 순간에도 루루가 보고 싶었다. 루루를 보면 이 어찌할 줄 모르는 서툰 마음에도 위로가 될 테니까.

누군가 현관문을 여는 소리가 들렸다. 그였다. 벌겋게 달아오른 격한 감정을 들키지 않으려 가슴을 가다듬고 방에서 나갔다. 그 역시 나와 눈을 마주치지 않은 채로 루루를 품에 안은 채 신발을 벗고 있었다. 술 냄새가 진동하는 것을 보니 혼자 와인 한 병을 비우고 온 것 같았다. 집에 들어와 외투를 벗는 그에게 나는 습관적으로 물었다.

"설마 운전해서 온 거야?"

"응."

"음주 운전하면 어떡해. 루루도 있는데 위험하잖아."

그는 한번 숨을 참았다가 거친 목소리로 말을 내뱉었다. 처음 듣는 유의 음성이었다.

"너한텐 루루밖에 없어?"

"뭐? 오늘 진짜 왜 그래. 그만 좀 해."

"너야말로 매일 말끝마다 루루 얘기 좀 그만해. 진짜 지겨워."

이러려고 말을 건 것은 아니었지만, 이미 술에 취한 그는 한번 터진 말을 멈추지 않았다.

"네 일기장 보고 생각했어. 너에게 내가 무엇일지. 고양이보다 못한 그냥 동거인 정도겠구나."

"그런 게 아니라, 오빠 고양이잖아."

"시간이 지나면 너도 날 사랑하게 될 줄 알고 기다렸어. 근데 넌 그냥 어딘가 고장 난 거야. 그냥 상처받고 싶지 않아서 도망치는 중이잖아, 너."

"…."

"근데 상처는 누가 주고 있니? 나야, 아니면 너야?"

그의 원망을 듣고 있자 내 마음 깊은 곳부터 참아냈던 울분이 끓어올라 터져버렸다.

"그런 오빠는 뭘 그렇게 잘했는데? 한 번이라도 나한테 살갑게 한 적 있어? 오빠도 똑같아. 내 탓만 하지 마."

이미 오늘 하루치 감정은 다 써버렸는데 아까 식당을 박차고 와서도 또 같은 상처를 주고받아야 한다니. 한 시간 전쯤에 서로를 할퀴고 자리를 박차고 나왔지만 결국 곧 또 같은 집에서 얼굴을 마주 봐야만 한다는 것, 우리 사이 남은 숫자들과 감정을 정리해야 한다는 것, 남은 감정을 다 쏟아내고야 말아야 끝이 나는 것, 그게 바로 같은 지붕 아래 살기로 한 대가였다.

나는 이어지는 그의 말에 더 대꾸하지 않고 가방에 짐을 챙겨 댔다. 화장품부터 옷과 책 같은 것들. 사실 무엇을 챙기고 있는지 모른 채로 손이 닿는 대로 쑤셔 넣었다. 순간, 내 옆에서 꼬리를 살랑대는 루루가 눈에 밟혔다. 평소와 다른 기류를 눈치라도 챈 듯이 야옹거리며 곁을 떠나지 않는 루루를 보고 순간 마음이 무너져 왈칵 눈물이 났다. 한참을 엉엉 울어 대는 나를 보고 그는 관자놀이를 짚고는 말했다.

"루루, 그냥 네가 키워. 그만하자, 우리."

그는 주머니에서 담배를 꺼내 불을 붙였다. 분명 석 달 전에 끊었다고 한 담배가 여전히 그의 주머니에 들어 있었다. 사실 그가 담배 같은 것을 끊지 못했다는 사실을 매일 맡는 그의 숨결로 알고 있었다. 그는 미간을 찌푸리고는 뻑뻑대며 담배를 피워 대더니 말을 이었다.

"걔랑 살면 너랑 헤어진 것 같지도 않을 것 같다."

"루루가 물건이야? 왜 그딴 식으로 말해."

"너에게 더 중요한 건 맞잖아."

나는 이 대화와 이 공간이 견딜 수 없어졌다. 이곳을 루루와 함께 빨리 나가야겠다고 생각한 나는 루루를 다시 가방에 챙기고 루루가 좋아하는 장난감과 간식을 넣었다. 혼자 들 수 없는 양의 짐이 내 옆에 쌓였다. 낑낑대며 현관문으로 가는 날 보고는 그가 인상을 쓴 채로 말했다.

"내 차 써. 어차피 짐 마저 가지러 와야 하잖아. 그때

돌려줘."

그는 나에게 와서 차 키를 건넸다. 그리고 가까이 와서 눈물범벅이 된 나와 눈이 마주쳤다. 제대로 서로의 얼굴을 들여다본 것은 그날 처음이었다. 그는 표정을 일그러뜨리더니 갑자기 나를 안아버렸다. 나는 곧 안겨서 울어댔다. 개연성이라고 없는 둘만의 막장 드라마. 화냈다 울었다 안아버리는 이런 전개를 나는 제일 혐오했지만 결국은 이렇게 되어버렸다. 사람들이 정이라고 부르는 그 감정에 우리도 크게 벗어나진 못한 것 같았다. 현실에서 우리가 맞닥뜨리는 이별은 그렇게 앞뒤가 맞아떨어지지 않았다. 죽도록 미우면서도 당장 내일 익숙한 사람이 없다는 것에 대한 두려움, 그것이 보통 우리 관계를 더 엉망으로 망쳐 놓고는 한다는 것을 잘 알고 있었다. 하지만 늘 잘 알고 있는 것에 가장 크게 데이곤 했다. 그의 품에 안겨 울던 나도, 나를 품에 안은 그도 이제 와서 크나큰 사랑을 깨달아서 그런 것은 아닐 테였다. 그저 일 년 동안 익숙하던 이 체취와 말투 그리고 흔적들을 어떻게 정리해야 할지 엄두가 나지 않을 뿐이었다.

***

한 달이 지났다. 우리의 이 작은 전셋집의 계약이 끝 난 날까지 우리는 같이 살았다. 갑작스러운 이별에 대한 대비의 목적이 없던 것은 아니지만, 현실적으로 위약금 이나 복잡한 문제가 컸으며 다른 집을 알아볼 시간이 필 요했다. 목성을 높이고 서로 바닥을 보인 그날은 마치 없 었다는 것처럼 굴면서 똑같은 일상을 공유했다.

오늘 춥대. 그래? 응, 껴입고 가, 데려다줘? 아냐, 괜찮아. 응, 그래.

아침엔 여전히 내가 토스트를 굽고 몇 마디 대화를 나 누지 않고 출근했다. 돌아와서는 TV를 켰고 야구 점수로 내기를 하기도 했으며 늘 그랬듯이 서로 등을 맞대고 잠 들었다. 우리 둘 사이엔 여전히 사랑스러운 루루가 있었 다. 무언가 위태롭게 버티다 끝내 꺼져버린 것도 모른 채 여전히 투명하고 맑은 루루는 나의 품에 잠시 더 존재했 다. 그리고 암묵적인 약속처럼 우리는 이 집의 계약이 끝 나는 날을 연장하지 않았다.

다시 이사하던 날엔 우리는 각자 처음 낸 보증금을 나 누었다. 그리고 이삿짐센터는 두 곳을 불렀다. 정확하게 일 년 전에 두 사람이 이 집에 모였듯이 정확히 일 년 뒤 한 집에서 두 트럭이 짐을 싣고 나갔다. 일 년 동안 같이 산 애매한 물건들이 많았다. 공평하게 공동 생활비로 산 토스트기는 내가 가졌고 TV 거치대는 그가 가지는 식으로 나눴다. 그는 짐을 정리하다 이따금 담배를 피우러 밖에 나갔고, 나는 그 사이에도 루루를 열심히 쓰다듬었다. 아무것도 모르는 순수한 영혼. 단 한 치의 의심 없는 애정 그 자체였던 루루. 이제 곧 볼 수 없고 만질 수 없는 나의 유일하고도 마지막인 사랑을 떠나보내야 하는 순간이었다.

며칠 전 그가 정말 루루를 데려가라고 말한 적이 있었다. 자신에게도 루루가 소중하긴 하지만, 네가 진심으로 더 사랑해주며 키울 것 같다고. 원한다면 데려가서 네가 키워도 된다고. 하지만 나는 그러지 않기로 했다. 그의 고양이와 사랑에 빠져서 시작한 이 관계가 끝났으니 모두 정리되어야 하겠지 생각하며 스스로를 다독였다.

짐이 모두 정리되자 나는 루루를 안아 들고 나와 그에게 건네며 마지막 인사를 건넸다.

잘 지내고. 그래. 너도 잘 가. 응, 루루도 잘 가. 루루 인사해야지. 이제 갈게. 응, 안녕.

격했던 그날과 다르게 우리는 덤덤하고 담백했다. 그의 두 눈이 평온해 보여 마음이 편안했다. 마지막 루루의 울음소리와 트럭 두 대가 거의 동시에 떠나는 부릉대는 소리가 들렸다. 지난 한 달 동안 우리는 마음의 준비를 단단히 한 모양이었다. 아니면 그런 척할 수라도 있게 되었던가. 미리 구해 둔, 다시 혼자일 집으로 향하며 나는 생각했다. 진심으로 행복했으면 좋겠다고. 그도, 그의 고양이 루루도.

Chapter 6.

당신이라는 시나리오

이제 제주에 머물 시간이 닷새도 남지 않은 시점이었다. 해가 뜨면 글을 쓰고 저녁이면 숙소 사람들과 어울리는 일상에 적응된 지 오래되어 서울에서 어떻게 다시 전처럼 치열하게 살 수 있을지 걱정될 정도였다. 마지막은 정말 글에 집중하며 홀로 차분하게 보내고 싶어 〈가라지 하우스〉를 떠나 공항 근처로 숙소를 옮겼다. 친하게 지내던 사람은 전부 나보다 빨리 여행을 끝냈기에 오래 묵은 숙소와 이별의 절절한 아쉬움은 덜했다. 또 오겠다고 사장님과 몇 번이고 약속하고는 밝게 웃으며 큰 짐가방과 함께 공항 쪽으로 향하는 택시에 탔다.

숙소에 도착해서 이제 정말 혼자라는 쓸쓸함을 즐기며 밀린 글을 쓰는 일에 몰두했다. 하지만 웬걸. 이곳에서는 아무도 만나지 않겠지, 세상과 단절되어서 글만 써야지, 라는 결심은 쉽게 무너졌다. 종일 글을 쓰고 밤이 되자 괜히 심심해졌다. 글을 쓰며 숙소 라운지에서 누가 무엇을 하고 있나 둘러보니 나처럼 노트북을 펴고 글을 쓰고 있는 여자 한 분을 발견했다.

그녀는 두꺼운 뿔테 안경을 쓰고 옆에 보드카 한 병을 두고는 아주 빠른 손놀림으로 열심히 무언가를 작성하고 있었다. 저렇게 술을 마시면서 어떤 글을 쓰고 있는지 궁금해졌다. 하지만 명백히 모르는 사람이고 여기는 타인과 어울리는 숙소가 아니어서 말을 걸면 실례일 것 같아 고민하고 있던 와중에 그녀와 눈이 마주쳤다. 아무래도 너무 열심히 쳐다본 탓인 것 같았다. 그녀는 나를 보더니, 보드카를 손으로 가리켰다. 한 잔 줄까?라는 의미인 것 같았다. 서울에 서는 상상할 수 없는 전개지만, 이곳은 모두가 여행자인 제주였다. 나는 서둘러 고개를 끄덕이며 그녀가 앉아있는 테이블로 자리를 옮겼다.

"어디서 왔어요?"

주영이라는 이름의 그녀는 술을 한잔 건네주며 말했

고 나는 대답했다.

"감사합니다. 저는 서울에서 왔어요!"

"저도요. 저는 일주일 있었는데 벌써 내일 돌아가요. 너무 아쉽다."

"이제 만났는데 내일 헤어져야 한다니. 그런데 무슨 글 쓰고 있었어요?"

"일하고 있었어요. 시나리오 쓰는 일."

주영은 나와 동갑인 친구였는데 독립영화 제작사에서 시나리오 작가로 일하고 있다고 자신을 소개했다. 시나리오 작업을 주로 하지만, 부업으로 유튜브 채널도 운영하는 멋진 친구였다. 나는 시나리오도 언젠가 써보고 싶은 생각에 쓴 글들을 읽어봐도 되느냐고 물었고 그녀는 흔쾌히 수락했다. 예감했던 대로 그녀가 쓴 글들은 흥미로워 눈을 뗄 수가 없었다. 그중 가장 최근에 작업하고 있는 시나리오는 상실에 대한 것이었는데, 각기 다른 세 가지의 상실에 관한 이야기를 옴니버스식으로 풀어냈다. 하나뿐인 딸을 병으로 떠나보낸 부모, 가장 친한 친구를 사고로 잃은 학생과 사랑하는 사람을 먼저 보낸 여자까지 각자의 사연이 사무치게 먹먹했다.

차마 아직 겪어보지 못한 깊은 감정에 관해서 쓸 때,

작가에게 상상 이상의 감정이 소모된다. 그 인물이 되어 이입해서 매 순간 마음 쓰리고 눈물 흘려야만 쓸 수 있는 글이었기에 주영의 감정이 글에 얼마나 많이 녹아 있는지 느껴졌다. 마지막에 이르러 소중한 이를 잃은 사람들끼리 만나 서로 위로가 되어주는 부분에서 내 코가 시큰해지고 눈시울이 붉어졌다. 당장 잃는다면 곧 죽을 것처럼 아플, 사랑하는 사람들의 얼굴이 떠올랐다. 깊은 여운에 헤어 나오지 못할 것 같은 기분으로 주영에게 말했다.

"따뜻하고도 마음 아픈 이야기네요. 영화로 나오면 꼭 보고 싶어요."

"꼭 초대해 줄게요."

"비슷한 주제로 소설을 한 편 써도 괜찮을까요?"

"그럼요. 소은 씨의 시선으로 쓴 글도 읽어보고 싶어요."

그녀와 난 둘 다 글을 쓴다는 공감대로 금방 친해졌다. 남아있던 보드카를 금방 비우고 나는 소재와 사람을 얻었다는 생각에 기분이 좋아져 와인 한 병을 사 왔다. 숙소 라운지는 24시 운영되었고 숙소 이용객들이 자유롭게 먹고 마실 수 있는 곳이었다. 덕분에 우린 밤새 글과 소재에 관해 이야기를 나눴다. 주영에게 지난 시간 내가 쓴 소설들의 줄거리를 얘기해주자 흥미롭다며 언젠간 시나리오로 작업해보고 싶다고 했다. 정말 내 이야기가 영화화된다면 얼마나 행복할지 그려보던 환상적인 밤이었다.

전날도 〈가라지 하우스〉에서 사람들과 마지막 날을 보내느라 열심히 밤을 새운 덕에 피곤했지만, 그 모든 피로도 잊을 만큼 그녀와의 대화는 값진 시간이었다. 아침이 되자 나는 방으로, 그녀는 공항으로 향했다. 책이 나오면 꼭 주겠다는 나의 약속과 지금 쓰고 있는 시나리오가 영상화되면 초대하겠다는 약속을 끝으로. 침대에 누워 잠이 들기 전, 서울에 가서도 한동안 바쁜 일상을 보내겠다는 생각이 들었다. 한 달 동안 제주에서 만나 알게 된 사람들과의 인연을 잇겠다던 약속을 잊지 않고 지켜야 하니까.

남은 시간 동안 홀로 밥을 먹고 카페에 가서 마저 글을 쓰고 생각을 정리했다. 혼자 있으면 외롭고 불안하던 지난날들과 다르게 마음이 잔잔한 호수처럼 평온했다. 가만히 눈을 감고 이곳에 오기 전 나를 떠올려 보았다. 축 처진 어깨와 지친 뒷모습이 그려졌다. 회사에서 쌓인 업무에, 철 지난 사랑이 주는 자연스러운 이별에, 주변인들의 애정 어린 기대에, 맡은 지위들이 주는 책임감에,

한낱 가벼운 말들에도 감정이 요동치며 힘겨워했다. 그래서 정작 내가 남을 쉽게 평가하기도 했고 괜히 주변 사람에게 예민하게 굴기도 했다. 그만큼 마음에 여유가 없었다.

　내가 혼자 이곳에 와서 보낸 한 달의 의미는 무엇일까? 혼자 있고 싶어서 제주에 왔지만, 결국 나는 누군가와 함께였고 수많은 인연이 짧은 시간 동안 나를 스쳐 지나갔다. 그러면서 내 안의 나는 어딘가 천천히 자주 변해 갔다. 사람들이 주는 에너지는 모이고 모여서 거대해져 결국 나의 황폐했던 마음에 기둥을 세우고 지붕을 덮어 튼튼한 집을 지어줬다. 언제든 내가 쉬어 갈 수 있는 내 마음속 방 한 칸에서 나는 나를 자주 들여다보며 뭐든 헤쳐나갈 수 있을 것만 같아졌다. 나도 스스로를 스쳐 지나간 모두의 마음속에 무언가를 지어줬을까? 그랬기를 바라며 그들 한 명, 한 명을 떠올리며 글을 써 내려갔다.

　제주를 떠나기 전날이 되자 나는 혼자 버스를 타고 물이 고인 오름에 올라 온종일 생각에 잠겼다. 벤치에 앉아 바람을 맞으며 노트에 무언가 적고 있으니 어떤 여자분이 내 옆자리에 앉았다.

"뭘 쓰고 있어요?"

갑작스러운 질문에 놀라서 옆을 보니 앳된 얼굴의 여자분이 짧은 반팔과 반바지를 입고 있었는데 온몸에 작은 문신들이 가득해 눈에 띄었다.

"한 달 동안 여행하면서 만난 사람들에게 영감을 얻어 소설을 쓰고 있답니다."

"우와. 글로 남기면 기억에 평생 남겠어요. 좋은 방법이네요. 한번 해보고 싶어졌어요."

나처럼 혼자 제주에 왔다는 그녀 또한 여행지에서 좋았던 순간마다 평생 잊지 않고 싶은 마음에 온몸에 타투를 새겨 넣는다고 했다. 사회의 선입견을 아랑곳하지 않고 자신의 기억에 충실한 그녀가 아름다워 보였다. 우리는 서로의 사진을 한 장씩 찍어주고는 웃으며 헤어졌다.

한 달을 꽉 채운 여행을 끝내고 새벽에 출발하는 서울행 비행기를 타러 아침 일찍 공항에 갔다. 이른 시간이라 그런지 제주에 도착했을 때와 달리 한산한 공간은 마치 분주했던 내 마음에 생겨난 여유처럼 잔잔했다. 비행기를 기다리며 텅 빈 제주공항을 둘러보니 첫 번째 소설인 〈공항에서 만나요〉의 현진과 대헌이 컨테이너에서 소개팅을 하고 있을 것만 같았다. 설마 소설 속 이야기처럼 공항에 불이 나진 않겠지? 슬쩍 겁이 났다. 나는 어쩔 수 없는 타고난 몽상가인 듯했다.

김포행 비행기를 타실 승객분들께서는 게이트 G로 신속히 탑승 부탁드립니다.

공항에 안내음이 울려 퍼지자 나는 천천히 일어나 비행기에 오르며 오랜만에 엄마에게 전화를 걸었다.

"엄마, 나 이제 출발해요."

"너무 오래 떠난 거 아니니? 조심해서 와, 우리 딸. 보고 싶어."

"응, 좀 이따 봐요."

그립고 아련한 마음으로 제주를 떠나는 이 길에 나를 기다리는 사람들이 있다는 사실이 위로가 되었다. 비행기가 출발하자 핸드폰으로 제주에서 쓴 글을 차례대로 읽었다. 아직 구상만 하고 완성하지 못한 소설들과 고칠 부분이 많은 문장이 이리저리 뒤섞인 초고일 뿐이었다. 그런데도 이 원고 하나 들고 돌아가는 이 길이 벅차도록 든든했다.

집으로 돌아와 가족과 한 번씩 진한 포옹을 한 뒤, 뜨끈한 집밥을 먹었다. 그리고 바로 캐리어를 내팽개치고 뻗어서는 온종일 잤다. 한 달 동안 쉬러 간 여행이었지만, 오랜 여독이 쌓인 탓이었다. 여행 내내 글을 쓰기 위해 매 순간 모든 사람에게 집중했더니 그만큼의 내적 에너지가 소모된 듯했다. 그렇지만 그들이 내게 준 다른 빛나는 힘이 그 자리를 대신하고 있었다. 그날의 잠은 달았다. 다시 한번 제주에서의 날들을 재생할 수 있었기에.

다음날엔 회사로 돌아갔다. 책이 듬성듬성 예쁘게 꽂혀 있던 책방 대신 빌딩 숲 사이사이를 파고들어 가야 했다. 사원증을 찍고 엘리베이터를 기다리자니 금지된 구역을 몰래 들어가는 기분이 들었다. 주변을 살펴보니 매일 보던 정장 입은 사람들이 마치 생전 처음 보는 유처럼 어색했다. 거울에 비친 차려입은 내 모습 또한 마찬가지였다. 어울리지 않는 어른의 옷을 입은 아이 같았다. 헐렁한 운동복 바지와 샌들 대신 잘 다려진 슬랙스와 굽 높은 구두라니. 마치 내가 아닌 다른 사람인 것만 같은 착각이 들었다.

"다녀왔습니다. 다들 잘 지내셨죠?"

"그럼. 얼굴이 좀 탄 것 같다?"

팀원들에게 밝게 인사를 하고 자리에 앉아 컴퓨터를 켜자마자 부리나케 내 1호 팬이라던 동기에게 메신저가 왔다.

- 연락 한 번 없고 서운했다. 재밌었어?

나는 제주에서 동기에게 연락한 적이 없었다. 자유를 만끽한다는 핑계로 친한 지인들에게 소홀했던 것만 같아 미안한 마음으로 답장을 썼다.

- 궁금했지? 미안해. 그래도 선물 사 왔다. 제주는 시간이 어떻게 간지 모를 만큼 좋았어.
- 오오. 글은 어떻게 됐어? 생각 한 만큼 나왔어?
- 그 이상이야. 완전 마음에 들어.
- 대박. 도대체 혼자 가서 무슨 일이 있던 거야?

답장하면서 배시시 웃음이 나왔다.

- 꿈을 꾼 것 같아. 제주에서 한여름 밤의 꿈같은?

- 뭐야. 빨리 글 보여줘!

  동기의 재촉에 몇 번의 퇴고를 거치고 글 일부를 보내 주었다. 분량이 길다며 놀라던 동기는 반나절 만에 다 읽 었다고 했다. 누군가가 아끼는 내 글을 읽고 있다는 설렘 에 잠들지 못하고 있을 때, 늦은 밤에 전화가 왔다.

- 대박이네. 에세이랑 단편소설 여러 편이라 꽤 긴데 도 술술 읽혀. 진짜 제주에서의 꿈이다.

  나는 누군가 내 글을 몰입해서 재밌게 읽었다는 말을 들을 때마다 큰 희열을 느끼고는 한다. 결국, 글을 읽는 것도 소중한 시간을 투자해야 하는 일이기에 책은 그 종 류마다 읽는 사람에게 각기 다른 역할을 충분히 해내야 한다고 생각하는데, 그중 소설은 독자가 여러 인물이 되 어 다른 인생과 가치를 고찰할 기회를 제공해야 한다. 동 기의 칭찬에 신난 나는 대화를 이어갔다.

- 네가 제안한 대로 이거는 에세이 픽션이야. 과장과 거짓이 태반인 걸 알아 둬.

- 그래, 그렇다 치자. 제목은 제주지몽 어때? 제주에서의 꿈.

제목을 고민하고 있던 차에 동기의 제안이 반가웠던 나는 한 번 더 거들었다.

- 좋은데? 한 번 더 꺾어서 탐라지몽 어때? 탐라가 제주 옛날 이름이니까.

- 요즘 애들은 페이스북 타임라인을 탐라로 줄여 부르던데. 페북 얘기인 줄 아는 거 아냐?

- 반전이 있는 것도 좋고.

한참을 동기와 즐거운 대화를 나누고 나는 다시 잠들었다. 그다음 날, 그리고 또 다른 날에도 내 앞에 예전처럼 바쁜 나날들이 기다릴 거라 생각하면서. 예상했던 대로 몇 달이 지나고 나는 점점 일상에 다시 젖어들었다. 피곤에 찌들고 할 일이 태산이며 사람에 치이는 하루들을 살아내야 했다. 달라진 점이 있다면 그 시간 동안에도 나는 이 글을 계속 퇴고하며 만지고 있었고, 어울리는 소설 소재를 생각하며 한 편, 한 편 내 안에서 꺼내길 반복했다. 그래서 난 제주에 한 달 동안 머물렀지만, 내가 이 책을 쓴 시간 동안에도 제주에 있던 것이나 다름이 없었다. 매일 제주의 풍경과 그때 만난 사람들을 하루도 빠짐없이 떠올렸기 때문이다.

다음에도 제주에 혼자 가고 싶다. 특별히 예쁜 것을 구경하거나 좋은 곳을 관광하지 않았지만, 내 전체가 나답게 반짝일 수 있던 나날들이었다. 나를 꾸밈없이 보여주고 그 자체로도 사랑받던 기억을 절대로 지워지지 않을 문신처럼 이 책에 기록해 두었으니 잊을 수 없을 테지. 이곳을 떠난 후에도 아주 오랫동안 제주에 머물고 있을 테지.

안녕하세요. 저는 서울에서 온 이주영입니다. 이곳에
하루에도 몇 번씩 접속해서 여러분의 이야기를 가만히
들여다보며 위로를 얻은 적이 여러 번이었는데, 이렇게
글을 직접 써보는 건 처음이네요. 저는 저번 주말에 크로
아티아의 수도인 자그레브에 도착했어요. 왠지 크로아티
아를 떠올리면 끝없이 맑고 푸른 바다와 부서지는 햇빛,
빨갛고 낮은 지붕들을 상상하곤 했었어요. 하지만 크로
아티아에서도 특별한 관광지는 아니라던 자그레브는 한
나라의 수도라기에도 소소한 마을이었어요. 상상하던 드
넓은 바다도 없고요. 평온한 소도시의 사람들은 그저 친
절했고 음식은 조금 짰어요. 밥 대신 감자튀김을 먹고는

하루면 다 돌아다닌다는 시내를 구경하다 성聖 마르코라는 작은 성당으로 향했습니다. 지붕에 새겨진 문양이 인상 깊던 그 성당에 들어서자마자 눈물이 쏟아졌다고 말하면 유난스러울까요? 저는 요즘 여러분처럼 밥을 먹다가도, 음악을 듣다가도 자주 울컥하고는 합니다. 그만큼 보통의 일상을 버티기 힘들어하던 제가 자그레브까지 오게 된 이유는 하나예요. 이곳에 이별 박물관이 있다고 해서요. 세상의 모든 이별을 전시하는 곳이 있다고 해서요.

"성인 한 명. 티켓 주세요."

"여기 있어요. 행복한 하루 보내시길."

다채롭던 돌락 시장을 지나 이별 후 남은 것들에 관한 이야기, 라는 깃발이 걸려있는 노란 건물 앞에 멈췄어요. 그리고 곧 박물관 매표소에서 짧은 영어로 대화를 나눴습니다. 그날의 햇빛은 살갗이 따가우리만큼 눈부셨는데, 저는 날씨와 어울리지 않게 들어서기 전부터 목이 잔뜩 메어오더라고요. 그런 저에게 티켓을 건네주던 여자분은 저와 따스하게 눈을 맞추고는 보라색 팸플릿과 티켓을 건넸어요. 눈물을 떨어트리지 않으려 고개를 푹 숙인 채로 받아 들고는 발걸음을 옮겨 박물관에 들어섰습니다.

작은 공간에 사람들은 많지 않았어요. 다만 이별에 관련된 물건들에 숨겨진 사연들이 빼곡히 적혀 있었습니다. 떨리는 마음을 진정시키고 첫 번째로 마주한 전시품은 한쪽 다리를 잃은 의자였어요. 그 옆엔 자필로 결혼하려고 했던 사람과 같이 만들던 것이라고 쓰여 있었어요. 그와 이별하면서 완성되지 않은 이 다리 한쪽은 고장 난 자신의 마음과 같다고 했습니다. 그다음은 낡은 목줄이 있었습니다. 십오 년 동안 자신의 곁에서 온 생을 보내준 강아지 테리를 오랫동안 그리워하며 살고 있다고 했어요. 산책하는 것을 그렇게나 좋아했는데 바쁘다는 핑계로 자주 데리고 가지 못한 게 한이 된다며, 죽는 날 그곳에서 너를 만나는 날을 기다리고 있다고, 그곳에서는 아프지 말고 행복하게 뛰어놀고 있어 달라고 적혀있었습니다.

그 옆의 전시물은 회색 실로 촘촘히 짜인 스웨터였는데요. 엄마가 자신에게 짜주려던 스웨터를 완성하지 못한 채로 세상을 떠났다고 했어요. 그래서 나머지는 아들이 직접 배워 짠 거라고 했는데 그 말 못 할 상실감에 한쪽 팔을 다른 쪽의 세 배 정도로 길게 짜두었습니다. 저는 한참 그 스웨터를 들여다보다가 어느새 엎드려 울기 시작했습니다.

저에겐 마음 깊이 사랑하는 사람이 있습니다. 바로 우리 엄마예요. 엄마를 그토록 사랑한다는 것을 깨닫기도 전에 엄마는 고요히 제 곁을 떠났습니다. 엄마와 저는 유일한 가족이었어요. 아빠는 어렸을 때 다른 가정을 꾸렸다고 들었고 얼굴조차 기억이 나질 않으니까요. 그저 우리 둘이 티격태격하며 꾸역꾸역 살아왔어요. 엄마는 못난 딸 하나를 키우기 위해 안 해본 일이 없어요. 학습지 선생님부터 아기를 돌보는 일, 마트에서 바코드를 찍고 식당에서 밤새 설거지를 하는 일까지. 딸이 왜 자신은 다른 아이들처럼 걱정 없이 살 수 없는지 불만이 가득할 때도 엄마는 덤덤한 척하며 찢어지는 마음을 참아냈어요. 그리고 자신의 딸이 다른 아이처럼 평범하고 밝게 클 수 있도록 해달라고 매일 기도했대요. 엄마는 독실한 천주교 신자였거든요. 저는 그래서 성당만 지나면 온몸이 시리도록 아픕니다.

제가 대학 졸업반이 되었을 때 오랜만에 집으로 내려가 같이 TV를 보던 어느 날, 한 예능 프로그램에서 나온 거대한 성당을 보고는 엄마가 말했어요.

"난 저런 성당 가보는 게 소원이야. 죽기 전에 가볼 수는 있을까?"

"크로아티아면 동유럽이잖아? 나중에 내가 취직하고 돈 많이 벌면 가면 되지. 소원이 왜 이렇게 시시해? 엄마, 버릇처럼 죽는다는 말 좀 하지 마. 백세시대에 사람이 그렇게 쉽게 죽어?"

"우리 딸, 말은 참 잘하네. 아이스크림 인제 그만 먹고 과일 먹어."

아이스크림을 세 개째 뜨며 대수롭지 않게 말하는 저를 보며 엄마는 그저 웃어 보이고는 바삭하게 마른빨래를 마저 갰어요. 그 순간에도 엄마의 몸엔 커다란 암세포가 자라나 온몸 구석구석으로 전이되고 있었대요. 참 바보 같죠. 죽을병 같은 거 지긋지긋하고 뻔한 신파극에나 나오는 이야기인 줄 알았는데, 현실이 드라마보다 때로는 더 극적일 수 있다는 걸 그땐 몰랐어요. 그렇게 밤낮없이 몸을 혹사해 일하면 당연히 몸이 버틸 수 없다는 것조차 생각하지 못했어요. 나의 길을 찾기 바쁘다는 핑계로 홀로 모든 것을 책임져야 했던 엄마의 인생이 얼마나 고달프고 힘겨웠을지 상상조차 하지 않았어요. 제 등록금은 꼬박꼬박 늦지 않게 보내놓고, 본인을 위해서는 건강검진 한번 제대로 받지 않던 오랜 나날들이 그렇게 엄마를 아프게 할 줄 꿈에도 몰랐다니. 참 어리석죠. 괜찮다, 괜찮다, 걱정하지 말고 너만 신경 써, 그게 효도야, 말버릇 같던 말들을 바보같이 곧이곧대로 믿었습니다.

취직하고 한참 지나서도 그 시시한 소원 한번 이뤄주지 못했다는 게 뾰족한 화살이 되어 매일같이 저를 무심히 찌릅니다. 다툴 때면 가시 돋친 말을 습관처럼 하던 제 모습만 생생히 그려집니다. 그렇게 아무 생각 없이 모진 말들을 내뱉던 저를 그 장면에서 꺼내와 죽이고 싶을 만큼 미워요. 엄마가 떠난 지 벌써 몇 년이 지났는데 아직도 그 슬픔 속에서 사는 저를 보면 사람들은 인제 그만 추스르고 살아가라는데 저는 그게 쉽지가 않네요. 그 사람들은 이런 상실을 겪은 적이 있는 사람들일까, 그렇게 쉽게 말할 자격이 있는 걸까, 세상 그 언저리에 나 혼자밖에 남겨지지 않은 것만 같은 그 아득한 절망을 조금이라도 알고 있을까, 생각하며 괜히 나 대신 다른 사람들을 원망해보기도 하다가 언제나 그 죄책감의 화살은 나에게로 돌아옵니다. 언제부터 이렇게 엄마밖에 모르는 딸이었다고 이제 와서 뒤늦게 후회하고 있는 건지, 왜 그때는 그렇게 못난 딸일 수밖에 없었는지.

한쪽 팔이 긴 스웨터 앞에서 그렇게 한참을 엎드려 울자 몇몇 사람들은 제게 다가왔습니다. 결국, 저는 얼굴도 모르는 사람들의 부축을 받고는 그곳을 나왔습니다. 저는 왜 여기까지 와서 다른 상실이 담긴 물건들을 보며 다시 아파하는지 모르겠습니다. 나 혼자 이렇게 유난스러운 이별을 겪지 않았다는 위로를 받고 싶은 걸 수도 있겠지요. 그래서 이 카페에도 자꾸 들어와 많은 이별을 수면제 삼아 울며 잠이 들곤 하겠지요. 우리 모두 그럴 거예요.

이 글을 쓰는데도 너무 많이 울어서 숨쉬기도 벅차졌습니다. 하지만 이렇게 글로 담아내니 조금 정리가 되는 것 같기도 해요. 언젠간 우리 울지 않을 날이 올까요? 이곳에 매일 밤이 아닌, 가끔 한 번씩만 들리는 날이 올까요? 저의 수심의 끝이 없이 잠기기만 하는 이 비애로 누군가 또 격려받을 수 있다면 좋겠다는 생각에 수십 번 고친 문장들을 용기 내어 올립니다. 부족하지만 저 스스로를 위한 것이기도 한 이 글로 오늘 하루만큼은 편안하게 잠드시길 기도하겠습니다.

이주영 드림

***

안녕하세요, 주영 씨. 저도 자그레브에 있는데 아직

근처에 계신가요? 저는 같은 서울에서 온 박민성이라고 합니다. 이별 박물관에 오기 위해 멀리서 온 주영 씨의 글을 읽고 저는 주영 씨의 바람과는 다르게 쉽게 잠들지 못했습니다. 그 박물관에는 제 물건도 있거든요. 전시의 끝 자락쯤이라 보시진 못했겠지만, 묵주 팔찌 하나가 제 것입니다. 오래전 저는 그 팔찌를 사연과 함께 전시해달라고 부탁하러 이곳에 왔었습니다. 주영 씨의 글을 읽는 내내 이별 박물관에 처음 갔던 그 하루가 떠올랐습니다. 사연을 적어내고 물건을 두고 온 날, 나의 일부 같던 팔찌를 몸에서 떼고 사람들이 보는 곳에 두면 조금 나아지려나 생각했는데, 오히려 내 전부가 사라지는 것만 같던 느낌에 마음이 내려앉던 그 날이 생생합니다.

저는 그 누구보다 사랑하는 연인이 있습니다. 사랑 같은 잡히지 않는 감정 따위에는 매료되지 않겠다던 제가 어느새 한 사람을 세상 전부로 여기게 되었을 때, 아, 이게 사랑이구나 깨닫던 순간들이 있었습니다. 오랜 시간 서로의 곁을 지켜주며 내가 당신이 되고, 당신이 내가 되는 그런 여정을 두 손을 맞잡고 떠난 적이 있었습니다.

"나 크로아티아 가보고 싶어."

장난기 많고 밝던 그녀는 그날도 제 품에 안겨 말했습

니다.

"크로아티아는 왜? 파리나 스페인 같은 곳이 아니고?"

"응! 거기에 플리트비체라는 공원이 있다는데 그렇게 다른 세상 같대. 그 공원 오빠랑 같이 걸으면 꿈만 같겠지?"

"좋았어. 내년에 신혼여행으로 가자."

평생 함께할 줄 알았던 사람이었습니다. 시간은 흘러 축복 속에 결혼식을 올리고 우리 둘은 평소 그녀가 가보고 싶다던 크로아티아로 신혼여행을 떠났습니다. 공항으로 향하던 자동차 트렁크엔 캐리어 두 개가 나란히 실려 있었고, 선글라스를 낀 커플 한 쌍은 좋아하는 노래를 신나게 따라 부르며 여행길에 올랐습니다. 이제 남은 생 동안은 같은 길을 걸어가자고 약속한 우리는 더없이 행복했습니다. 하지만 가장 꿈만 같던 순간에 삶은 제게 이유 모를 불행을 안겨줬습니다. 도로 앞에서 졸음운전을 하던 큰 화물차가 제 차를 향해 돌진한 것이었습니다. 저는 본능적으로 제 쪽으로 핸들을 틀었고, 조수석에 타고 있던 그녀가 모든 충격을 흡수했습니다. 정신을 차려보니 큰 병원이었습니다. 부모님은 다리 한쪽을 절단한 저를 보며 울고 있었지만 제가 찾는 그녀의 모습은 보이지 않았습니다. 제가 의식을 잃은 동안 얼마 버티지 못하고 숨을 거뒀다고 했습니다. 지금도 그 말을 전해 듣던 순간을 생각하면 제 마음 전체가 파열되는 것만 같은 느낌에 괴롭습니다.

그 이후로 병원에서 수술과 재활 치료를 받는 몇 달 동안 하룻밤도 제대로 잠들지 못했습니다. 다리 한쪽을 잃은 건 아무래도 상관이 없었습니다. 이미 세상 전부를 잃어 죽은 것이나 다름이 없었거든요. 그날 여행을 가지 말걸. 다른 고속도로를 탈걸. 아니, 자동차 핸들을 그녀 쪽으로 틀걸. 차라리 내가 죽을걸. 이기적인 내가 나 혼자 살겠다고 사랑하는 사람을 죽였구나. 죄책감의 회로는 매번 같은 방식으로 반복되어 돌아갔습니다. 어쩌다 간신히 잠들면 꿈을 꾸었습니다. 긴 시간 동안 부족한 저를 믿고 늘 비춰주던 그녀의 밝은 미소. 미래를 약속하던 셀 수 없던 밤들. 자신을 더 예뻐해 달라던 그녀의 어리광. 다투고 나면 늘 품에 파고들며 나 없인 살지 못하겠다던 고백. 그 모든 것을 보고 살며시 웃다가도 꿈에서 깨면 잔혹한 현실만이 기다리고 있었습니다.

"이 팔찌 차고 다니면 나쁜 일이 하나도 없대. 그니까 꼭 차고 다녀야 해!"

"그런 거 다 미신인데. 우리 다희 그런 미신 은근 잘 믿더라?"

어느 날 여행에서 돌아온 그녀가 예쁘다며 사 온 묵주 팔찌는 그렇게 우리의 손목에 오랫동안 채워져 있었습니다. 우연일까요? 퇴원하고 집에 돌아와 세면대에 그 팔찌가 올려져 있는 것을 보고는 사고가 있던 날 팔찌를 하지 않고 갔다는 것을 깨달았을 때, 텅 빈 거실에서 저는 다시 한번 목을 놓아 울었습니다. 그 미신이라도 지켰다면 이 팔찌가 우릴 불행에서 구했을까요? 평소라면 연연하지 않았을 작은 것에도 감정이 쉴 새 없이 날뛰었습니다. 그렇게 3년이 지났습니다. 휠체어 생활이 익숙해지고 새 직장을 구해 적응하던 하루들이었습니다. 제 사연을 알게 된 사람들은 동정 어린 말투로 시간이 지나면 또 나아질 거라 단언했지만, 시간이 아무리 지나도 저는 늘 제자리였습니다. 저는 그녀와의 추억 속에서 벗어나지 못했습니다. 너무나 익숙해서 알지 못했던 그녀의 사랑, 그소중함을 매일같이 아리도록 깨달았습니다.

더는 견디기 힘들어 집 옥상에서 뛰어내리러 간 적도 있습니다. 그녀 옆으로 가서 사죄하고 싶었습니다. 그게 안 된다면 차라리 이 걷잡을 수 없는 마음을 죽이고 지옥에서라도 지내고 싶다는 생각이 저를 지배했습니다. 몇 번이고 손목을 깊게 그은 적도 있습니다. 저를 지켜보며 불안해하던 가족들이 매번 일찍 발견해서 말리는 바람에 물거품이 되었지만, 그 후에도 매일 죽은 사람처럼 숨 쉬며 살아갔습니다. 저의 생은 이미 파괴되었다고 생각했습니다. 숨 쉬는 게 무의미했습니다. 고작 사랑 하나에 몇 년 동안 그렇게 아파하느냐고, 산 사람은 살아야 한다고 질책받아도 할 말이 없었습니다. 그러다 어느 날, 제가 자살 시도를 반복했다는 소식을 들은 그녀의 어머니가 찾아왔습니다.

"민성아. 이 정도면 충분해. 다희도 너 마음 잘 알 거야. 자책 말고 이제 행복하게 살아. 그게 다희도 원하는 거야. 내가 알아."

딸의 행복한 미래를 바라던 어머니가 그 말을 하던 그 순간의 마음은 어땠을까요? 죄송하다고 목놓아 부르짖고 싶어도 그럴 자격이 없는 죄인인 저는 조용히 흐느꼈습니다. 어머니의 말대로 다희는 정말 제가 그녀를 한편에 묻고 잘 살아가길 원할까요? 정답은 영원히 들을 수 없기에 찢어지게 아팠습니다. 시간이 더 지나 조금은 마음을 다잡고 살아보고자 한국에서 모든 생활을 정리하고 그녀가 그렇게 오고 싶어 하던 크로아티아에 왔습니다. 그리고 이 이별 박물관을 발견했지요. 저도 처음엔 주영 씨처럼 한 발자국 디디기도 힘들었지만, 이곳에서의 시간이 몇 년 더 지나 어느새 이 팔찌를 전시하게 되는 하루도 보냈고, 또 어느 날엔 타인의 상실에 공감하고 있는 저를 발견하게 되었습니다. 시간과 아픔이 참 많이 필요한 일들이었어요.

주영 씨의 이야기를 읽고 그 어떠한 말도 오만일 것 같아 괜히 제 이야기만 늘어놓았네요. 저도 주영 씨처럼 지난 시간 동안, 이 카페에 자주 들어와서 사람들의 이야기를 읽고 눈물짓고는 했습니다. 처음에 상담사분이 이 카페를 추천해줬을 때 타인의 아픔이 더 커다랗기 때문에 내가 좀 낫다는 자기 위로를 얻는 이상한 곳이라는 생각에 거부감이 들었습니다. 하지만 아니었습니다. 온기를 나누며 세상의 다양한 상실의 존재들끼리 위로를 해주는 따스한 공간이었습니다. 상실을 겪지 않은 이의 위로보다 이 감정을 너무나 잘 알고 있는 이의 한마디가 더 와닿곤 한다는 것을 느꼈기 때문입니다. 너무 힘들어도 가장 가까운 사람에겐 하지 못하는 말들이 이곳에선 완전히 자유로우니까요. 그리고 들을 준비가 되어있는 나처럼 아픈 사람들이 모여 있으니까요. 주영 씨도 그런 마음에 힘든 글을 쓰신 것이겠지요. 한 문장, 한 문장에 어떤 절망들이 담겨있을지 생각하니 내내 먹먹해집니다.

어머니에겐 눈에 넣어도 아프지 않을 딸이었던, 여전히 그런 딸일 주영 씨가 조금 더 편히 숨 쉴 수 있었으면 좋겠습니다. 어머니도 그걸 바라실 것 같거든요. 저 하나 숨 쉬지 못하던 사람이 이런 말을 하는 게 많이 이상하지만, 진심으로 당신의 모든 삶을 응원하겠습니다. 심지어 그 상실까지도요. 더는 우리의 삶에 이런 아픔이 없을지는 모르겠습니다. 아마 더 괴로운 일들이 닥칠 수도 있겠지요. 하지만 현재 매 순간에 후회하지 않도록 사랑하는 것만이 우리가 할 수 있는 유일한 일인 것만 같습니다. 다른 모든 건 또 세상의 뜻에 맡길 수밖에 없으니까요.

아직 자그레브에 계신다면 저와 함께 이별 박물관에 다시 가보는 건 어떠실까요? 저번에 총 세 개의 전시물만 보고 포기하셨다면 이번엔 한두 가지를 더 볼 수 있을지도 몰라요. 제 묵주 팔찌도 보여드리고, 혹시 원한다면 어머니와의 물건을 전시할 수도 있을 거예요. 저는 나름 박물관의 단골손님인지라 그곳 사람들과 친한 편이거든요. 주영 씨도 그럴 것이라는 단언은 아니지만, 전시

된 물건을 보고 사람들이 제 사연을 읽어주는 것만으로
도 저는 매일 아주 조금씩 나아지곤 했으니까요. 대상 없
는 편지에 무턱대고 보내는 제 긴 답장이 무례하지 않았
기를 바랍니다. 저는 당분간 이곳 자그레브에 머물 예정
이니 언제든 마음이 조금 더 편해질 그 날 연락해주세요.
그럼, 당신의 모든 앞날에 치유의 힘이 깃들기를.

박민성 드림.

* * *

　오렌지색 빛으로 물든 거리를 수놓은 것은 해 질 녘
노을이었다. 바깥에서는 푸른 눈의 아이들이 비눗방울을
불며 뛰어다니고, 야외 테라스에서는 사람들이 웃고 떠
들고 있는 평화로운 이 작은 도시에는 그 어떤 상실도 어
울리지 않는다고 주영은 생각했다. 하지만 이 따스한 곳
에 이별 박물관이 있는 것을 보니 세상 그 누구도 이별하
지 않는 사람이 없는 것일까, 이별은 무엇일까, 생각하며
그녀는 약속 시각보다 훨씬 일찍 도착해 더운 날씨에도
따뜻한 라떼 한잔을 시킨 채로 한참을 그 붉은 거리를 들
여다보았다.

민성이 쓴 꽤나 긴 글을 읽고 그녀는 마음이 녹아내리는 이상한 감정을 경험했다. 글을 올리자마자 나의 감정을 이해한다고 힘내라며 응원한다는 글들이 많았지만, 민성의 이야기는 왠지 모르게 더욱 주영의 어느 한구석을 매만졌다. 그의 글의 어떤 한 마디도 주영의 감정을 이해하려는 구절이 없었다. 그저 자신의 아픔을 꺼내 보여주며 모든 단어에 진심을 담았다는 것을 느꼈다. 고민 끝에 그와 연락을 하고 이 카페에서 만나기로 했다. 순간 알 수 없는 예감이 들었다.

휠체어 탄 남자가 저 멀리서부터 환하게 웃으면서 나타났다. 그는 주영과 같은 따뜻한 라떼 한잔을 시키고는 그녀가 있는 테이블에 휠체어를 고정했다.

"일찍 오셨네요."

"노을 지는 거리가 너무 예뻐서요."

그의 얼굴에서는 그 어떤 상실의 흔적도 찾을 수 없었다. 그저 잔잔하니 편안했다. 그들은 자그레브의 관광지나 식당 같은 것으로 긴 이야기를 가볍게 시작했다. 얼마나 자그레브에 머물 거냐는 민성의 물음에 주영은 모르겠다고 대답했다. 당신을 보니 이곳에서 조금 오래 쉬었다가 가도 될 것만 같다고 덧붙였다.

"주영 씨가 보기에도 제가 이제 괜찮아 보이나요?"

"네. 적어도 저처럼 가만히 있다가 갑자기 펑펑 울 것 같진 않아요."

"예전엔 남들이 보는 곳에서 울었다면, 지금은 티 내지 않으며 혼자인 곳에서만 힘겨워하는 것. 그것조차 저는 나아진 거라 생각해요."

민성의 얼굴에 미소가 잠시 사라졌다가 다시 피어올랐다. 주영은 그의 말을 잠자코 듣다가 물었다.

"이별에도 그렇게 면역이 생기는 걸까요? 시간이 많이 지나면 무뎌지고, 잊히고…. 결국은 사라질까요?"

"이별의 아픔은 조금씩 사라질 수 있겠지만, 그토록 사랑했던 기억은 그대로일 거라고 믿어요."

"그럴 수 있었으면 좋겠네요."

주영은 커피잔을 한번 입가에 가져다 댔고 민성은 그런 그녀를 보다가 한참 뒤에 물었다.

"주영 씨는 이별이 뭐라고 생각해요?"

"이별이라…. 매일 생각해도 그 정의는 못 찾겠어요. 그저 제게 이별은 급작스럽게 닥친 재난 같아요. 후회와 죄책감의 연속 그 자체예요. 왜 이렇게 단조로운 세상에서 저만 이런 불행을 겪고 있는지 이해할 수도, 이해하고 싶지도 않아요."

그 후에도 주영의 독백에 가까운 이야기는 계속되었다. 그저 괜찮다는 듯 민성은 아무 말도 하지 않은 채 울먹이는 그녀를 내내 지그시 바라보았다.

"죄송해요. 초면에. 제가 요즘 툭하면 이래요."

그가 가져다준 휴지로 눈물을 닦아낸 주영이 말했다.

"주영 씨, 울고 싶을 땐 언제든 다 쏟아내요. 언제든지요. 그리고 이별은 우리가 특별히 뭔가를 잘못해서 겪는 불행이 아닐 수도 있겠더라고요. 우리 인생의 매일매일이 만남이자 이별이고, 누군가를 사랑해서 행복한 순간이 있다면 결국 헤어지는 슬픔도 같이 찾아오더라고요. 이 세상 그 누구도 그런 굴레 속에 살고 있어요. 주영 씨랑 저뿐만이 아니라."

"……."

"그니까 자책하지 말아요. 당신에게 이별하지 않고 싶은 간절한 무언가가 또 찾아올 거예요. 그럼 그게 얼마나 축복인지 주영 씨도 나도 더 잘 알게 되겠죠. 뻔한 말이지만, 언젠간 그런 날이 올 거예요. 지금은 마음껏 울고 아파하고 그리워해요, 우리."

민성의 말이 끝나자마자 주영은 이내 더 울어버렸다.

참지 않고 터져버렸다.

　저버린 태양 이후에는 잠시 까만 암흑이 찾아왔다가 이내 반짝이는 별과 달이 하늘을 수놓았다. 주영은 다음에 만날 때는 이별 박물관에 전시할 엄마의 유품을 가지고 오겠다고 했고 민성은 미소 지으며 고개를 끄덕였다. 주영은 생각했다. 민성의 말대로라면 우리 모두 이별이 일상인 세상에 살아가고 있는 것만 같다고. 구석구석 이별이 깃들지 않은 곳이 없고 겪지 않은 사람이 없을 것만 같다고. 이별이 몇 번이고 찾아오더라도, 우리는 모두 상실을 품고 살아가는 존재들이기에 서로를 격려하며 그 상실을 마음 깊이 받아들여야 하겠지. 그리고 그 둘은 동시에 문장 하나를 마음에 떠올렸다. 나와 같은 모든 상실의 존재들이여, 당신의 이별을 진심으로 응원합니다.

깨고 싶지 않은 꿈

알록달록한 책들이 가득 꽂힌 서점 한복판에만 서면 문득 눈물이 나던 순간들이 있었다. 멀기만 한 꿈을 가진 사람은 그 꿈을 꾸는 것만으로도 큰 짐을 지고 살아가는 것이라는 사실을 깨달으며 매일같이 시들어가던 나날들이 있었다. 그다지 특출나지도 않았고 대단한 글을 써서 세상을 바꾸고 싶은 것도 아니었지만, 왠지 모르게 꼭 글을 쓰며 살아가고 싶어 열병을 앓던 시간이 길었다. 멀거나 불가능하게만 느끼며 꿈으로만 간직하던 그 날의 내게 이런 미래가 기다리고 있다니. 책을 마무리 짓는 시점에 지난날의 소망과 꿈을 꼭꼭 눌러 담아 작가의 말을 쓰는 지금, 이 순간을 상상하며 매일 눈을 감고 커다란 꿈을 안고 버티던 날들을 떠올려본다. 이게 꿈이라면 영영 깨고 싶지 않다.

지난 여름, 나는 세상에서 가장 애틋한 마음으로 탐라 지몽을 썼다. 오랜 시간을 들여 짧았던 여행의 기억을 되짚어가며 원고를 완성했을 때, 짧은 에세이와 소설들에 담긴 인물 하나하나가 너무나 소중해서 여러 번 읽고도 눈을 떼지 못하곤 했다. 홀로 그들에게 광을 내고 아껴오던 시간이 지나 이제는 그들을 세상 밖에 내보이는 순간이 찾아왔다. 이제 내 손을 떠났으니 그들은 책 속에서 영원히 살아 숨 쉬며 나의 일부로 존재할 것이다. 그리고 당신의 잊히지 않을 친구가 되어줄 것이다. 그 경이로운 경험이 바로 내가 소설을 쓰는 이유다.

제주에서 한 달 동안 머물며 좋은 사람들을 만나고 가장 많이 든 생각은 이것이었다. 나도 그들처럼 사랑이 많은 사람이 되어 언젠가 누군가에게 받은 마음을 켜켜이 준비해 두었다가 곱절로 돌려줄 줄 아는 사람이고 싶다. 나에게 진심 어린 따스한 눈길 한 번으로 위로가 되어준 이들을 기꺼이 껴안고 같이 아파하고 싶다. 당신의 모든 상처에 아주 느린 위로가 되어주고 싶다. 책으로 만난 당신도 마찬가지다. 당신의 상실과 아픔에 한 겹 사랑을 덮어줄 수 있기를. 이런 마음을 담은 이 책이 그런 존재이길 바란다.

그리고 하나 더. 이 글을 읽은 모두가 용기를 내어 홀로 어디든 떠나 보기를 바란다. 가슴 답답한 날에 가깝고도 낯선 곳에서 계획 없이 들이쉬는 숨은 당신에게 진정한 쉼을 선사할 테니. 그리고 그 일상을 하루하루 글에 담아보았으면 한다. 당신이 기대하는 것보다 훨씬 더 경이로운 일들이 기억 속에 오래 간직될 것이며, 살아가면서 잊을 수 없는 꿈같은 나날들이 당신의 긴 여정에 굳건

한 힘을 실어줄 것이다. 외로움이 커다란 파도처럼 덮칠 순간들이 두려워 떠나기 망설여진다면 온 마음을 다해 말해주고 싶다. 당신은 당신 자체로 빛이 나는 사람이다. 외로움조차도 당신만의 아름다운 감성의 증거이며 혼자 떠나 스스로를 들여다볼 수 있는 용감한 사람이라는 반증이다. 적어도 나 자신보다도 소중한 이 책을 읽어준 내게는 그렇다. 나는 이 책을 읽고 있는 당신의 모든 순간을, 사랑을, 그리고 심지어 상실조차 진심으로 응원한다. 누군가의 무조건적인 믿음이 당신이 내딛는 모든 발걸음에 힘이 되었으면 한다.

제주에서의 꿈.

그 막은 내리지만, 곧 또 다른 막이 오를 거라 여기면서

그 꿈같은 여행을 함께해주어 진심으로 고맙습니다.

뜨거운 여름, 신촌에서

최가은 드림

탐라지몽 耽羅之夢

1판 1쇄   2021년 8월 20일
지은이   최가은
펴낸이   손정욱
마케팅   이충우
디자인   이창욱
펴낸곳   도서출판 답
출판등록   2010년 12월 8일   제 312-2010-000055호
주소   경기도 고양시 일산동구 정발산동 1132-4   3F
전화   02.324.8220
팩스   02.6944.9077

이 도서의 국립중앙도서관 출판예정도서목록(CIP)은 서지정보 유통지원시스템 홈페이지(http://seoji.nl.go.kr)과
국가자료 종합목록 시스템 (http://www.nl.go.kr/kolisnet)에서 이용하실 수 있습니다.

ISBN   979-11-87229-33-9
값 14,000원